名家文存

三余堂散记续编

商震 | 著

山东人民出版社
全国百佳图书出版单位 国家一级出版社

图书在版编目（CIP）数据

三余堂散记续编 / 商震著.—济南：山东人民出版社，2017.1

ISBN 978-7-209-10195-0

Ⅰ.①三… Ⅱ.①商… Ⅲ.①随笔—作品集—中国—当代 Ⅳ.①I267.1

中国版本图书馆CIP数据核字（2016）第277889号

三余堂散记续编

商　震　著

主管部门　山东出版传媒股份有限公司
出版发行　山东人民出版社
地　　址　济南市胜利大街39号
邮　　编　250001
电　　话　总编室（0531）82098914
　　　　　市场部（0531）82098027
网　　址　http: //www.sd-book.com.cn
印　　装　北京富达印务有限公司
经　　销　新华书店

规　　格　32开（145mm×210mm）
印　　张　8.25
字　　数　130千
版　　次　2017年2月第1版
印　　次　2017年2月第1次
印　　数　1–5000
ISBN 978-7-209-10195-0
定　　价　30.00元

目　录

散记

散记

散记

随笔

随笔

随笔

散记

一

二十年前，我初做编辑，为了让自己对作品的判断能够有说服力，也是为了不被作家诗人的文本欺负，便大量阅读理论、美学及各类文本，渐渐地觉得有些自信起来。但随着作家、诗人文本的大踏步前进，渐渐又觉得有些心空胆虚，便又开始古今中外地阅读，记读书笔记。

一个职业文学编辑，在理论、美学鉴赏及文本阅读经验上，必须要走到作家、诗人的前列，不然，轻则会判断失误，重则被文本欺负，贻笑大方。尽管我现在做得还不够尽善，但我一直在努力着。

近日，重读严羽的《沧浪诗话》，感慨颇多。记得二十年前读的是无注释竖排大字版的，当时凭借自己略自信的古文功底，凭借自己对诗歌的理解，读后也是蛮有心得，并自诩：吾腹有严沧浪，再遇诗文有何惧哉。

前些日子，又新买了一本《沧浪诗话》，郭绍虞先生的做得注释，也是竖排版。（不是刻意，读古人书，我喜欢读竖排版的，觉得和古人交流比较顺畅。）同时，还买了几本关于评说

《沧浪诗话》的小册子。读了这些，突然觉得：当初我体会到的仅是《沧浪诗话》的三分之一啊。书，真是常读常新，温故而知新。重要的是，这次重读，借助一些评论文章，我对严沧浪先生的一些观点产生了质疑，有时甚至观点相悖。

严羽的观点白纸黑字钉在《沧浪诗话》里，他没有机会修改和增删了，而我们这些读者的认识却在不断地进步，不断地“扬弃”。

严羽先生在《沧浪诗话》开篇的《诗辨》中，起笔就说：“夫学诗者以识为主：入门须正，立志须高。以汉魏晋盛唐为师，不做开元天宝以下人物。”“以识为主：入门须正，立志须高；”说得好！我初读时就记到本子上并时而温习之。但后面这句“以汉魏晋盛唐为师”今天读来心有惶惑。我国的诗学经典当从“诗三百”始，可严老师咋让俺们从“汉魏”学起呢？我绝不会认为严羽先生瞧不起“诗三百”，更不会认为严先生没读“诗三百”，我给出的唯一理由是严羽先生把“诗三百”当作《诗经》。所谓“经”者，乃哲学之谓。哲学者，理论之谓也。严羽先生可能认为：哲学怎么能是诗呢？既然把诗冠以“经”，就让哲学家们去读吧！或者，严先生认为《诗经》中的诗无规可遵，无矩可循。于是，严先生就让后人学诗“以汉魏晋盛唐为师”，弃《诗经》而不顾。当然，这纯属我个人猜测，只因严先生未提及《诗经》而猜疑。

《诗经》是不是哲学？是！《诗经》是不是诗？是！“诗言志”“文以载道”中的“志”与“道”都是哲学范畴。直说了吧，哲学论断大部分是诗的派生品。

但学诗还是要从《诗经》始，这是毋庸置疑的。《诗经》中的诗，对生活现场的表现、灵性的飞升，至今都是诗人们学习的典范。更重要的是：《诗经》中的诗，为我国诗歌的叙事与抒情的平衡，音乐性、画面感与诗性意义的互补，立下了传统。理所应当为后世之师。所以，学诗从《诗经》起，才是“入门须正，立志须高”。

苏东坡说：“熟读《毛诗·国风》《离骚》，曲折尽在是矣。”吕居仁更直截了当地说：“学诗须以《诗三百》《楚辞》及汉魏间人诗为主，方见古人好处。”黄庭坚在《大雅堂记》中谓：“广之以国风雅颂，深之以离骚九歌。”

这些人的说法都和严羽所提出的“以汉魏晋盛唐为师”相左。其实，严羽在《沧浪诗话》中《诗体》部分有如下描述：“风雅颂既亡，一变而为《离骚》，再变而为西汉五言，三变而为歌行杂体，四变而为沈宋律诗。”

古人们吵架我们劝不了，但在古人的吵架声中我们似乎悟到了这样一个结论：理论家撰文立论，切不可孤绝。

严羽当然有局限性：其认知的局限，经验的局限，时代的局限。

批评严羽《沧浪诗话》较为严厉的大概要数钱振锽在《谪星说诗》中所言：“（严沧浪）埋没性灵，不通之甚。”此语我觉得偏激。我倒是觉得郭绍虞的观点可取：“盖沧浪论诗，只从艺术上着眼，并不顾及内容，故只吸取时人学古之说，而与儒家论诗宗旨显有不同。”当然了，说点大话：儒家论诗宗旨，我也未必完全认可。“诗言志”“文以载道”中的“志”与“道”，绝不是对强权的附和，不是政治需要的附庸；一定是个人欲望的倾诉。

我对那些读诗、读论，从义理考据出发并以义理考据为终点者，无论诗人还是理论家，我都恭敬之再恭敬之，有距离地恭敬之。

师古是学诗的必经之路，但不是简单地模仿古人言语，而要师心师性师情师旷达。至于是从《诗经》师起，还是从汉魏师起，可能会各有偏爱。

有一点可以肯定：师当下为诗，必是屋内盖房，愈来愈小。

二

近一段时间，常听到看到一些从事格律诗词创作和研究的人士发出“抑李扬杜”的声音。也就是贬李白赞杜甫。其理由大多是站不住脚的，缺乏有效的理论支撑。这种“抑李扬杜”，历史上发生过几次，数宋代最甚。但李白仍是伟大的李白。

李白是个诗歌天才，毋庸置疑。其诗中的飘逸、别趣、不讲理是杜甫不具备的，当然，杜甫的感时伤怀、沉郁悲壮也是李白所欠缺的。

严羽在《沧浪诗话》中说：“李杜二公，正不当优劣。太白有一二妙处，子美不能道；子美有一二妙处，太白不能作。”我认为此言极是。

诗人是否可以分优劣？当然要分。但要从人品、诗品上分。艺术是有阶级的，阶级是阶层。同一阶层的诗人，真的不必像夺锦标一样分出谁是第一谁是第二。近些年，有人喜欢做排行榜，如果是商业炒作，无可厚非。商人嘛，怎么能获得最大利益就怎么做，甚至可以缺德不要脸、背信弃义耍流氓。诗人不能这样做，诗歌也不能。

就诗人而言，同一阶层的诗人就别排座次了，排出来一定是笑话。

严沧浪说：“太白《梦游天姥吟》《远离别》等，子美不能道；子美《北征》《兵车行》《垂老别》等，太白不能作。”

其实，若说唐诗是中国诗歌的高峰，则李杜二人共同成为中国诗歌高峰的峰顶，不可比高低。现当代诗人呢？最好也别排名次，不然会留与后人羞！

三

岁数大了，喜欢独处。独处有时是关闭感官系统和思维系统，像一座停摆的老座钟。有时却会陷入沉思，思以往自己的过失，相当于“闭门思过”。更多的时候，我的沉思会是在一个方面的事情或一个境遇接近完满时，思及另一处的缺失，有点“居安思危”的老年态。

突然就想起读《诗经·魏风》中《园有桃》时的过程。“园有桃，其实之肴。心之忧矣，我歌且谣。”初读时，甚是迷惘。桃子熟了，长得红润、漂亮，端上桌子，看上去就要流口水，还不痛快淋漓地大快朵颐、狼吞虎咽，咋还“心之忧矣”？这不是矫情吗？

近年才明白，这是诗人之思。诗人看到此处的饱满、香甜，思及彼处（一定是心底极为牵挂的人与事）的苦涩、无果实、缺憾，只能忧心地“歌且谣”。

诗人不是及时行乐的人；诗人不是遇事“不主动、不拒绝、不负责”的人。

诗人的心底一定要有忧思，有忧思方能见深情。曹操的这一句“慨当以慷，忧思难忘”，便是作为诗人的佐证。

由此看来，诗人年龄大了，不宜独处忧思。易患抑郁症、自闭症，甚而发生更可悲的事情。

“心之忧矣，其谁知之？其谁知之，盖亦勿思。”（《诗经·园有桃》）

四

写诗是在自由，而不在规矩。

我很欣赏苏东坡的一句话：“行于其所不得不行，止于其所不得不止。”

“行”与“止”是诗人创作时的度。“行”是丰富饱满地释放，“止”是言简意赅的含蓄与幽深。处理好“行”与“止”的节奏，才能让诗作完成有效传达。

诗人要知其行而行，不能没情没思强说愁；行到当止则止，别把酒精兑水。

每天都能写诗者，我疑；仨月俩月无诗行者，似可自问：尚能诗否。

五

读到一本批评《沧浪诗话》的小册子，书名叫《严氏纠谬》（冯班著），说白了，就是冯氏给严羽的《沧浪诗话》挑错、纠错。乍一拿起这本小册子，很感兴趣，并满怀期待。可第一篇文章读完，我就想把书扔了。这不是“纠谬”，是哗众取宠，是矮子指责巨人长得太高。冯氏说：“（严）沧浪论诗，只是浮光掠影，如有所见，其实脚跟未曾点地，故云盛唐之诗如空中之色，水中之月，镜中之象，种种比喻，殊不如刘梦得云‘兴在象外’一语妙绝。”这是违背诗歌精神的批评，是无自己观点的批评。不是“疑义相与析”的讨论，是强盗式的混抡。

我在此责骂冯班的时候，心里想的却是当下那些所谓“诗歌批评家”们，自己给自己扣一顶“批评家”的帽子，不管是纸糊的还是铁打的、戴上就敢招摇过市，弄得我们看到戴这种帽子者太多，有才学者太少，只会借别人的观点来拼凑文章者太多。

其实，冯班还是较有才华的，只是批评的口吻不对。

批评他人的文本，要拿出自己的真才实学、真知灼见来，要有自己的理论体系作为支撑，是要求批评家的解读能力超越作者的。这些是当下许多打着批评家幌子而无德无才的骗子所没有的。

六

一学生问我：怎样解释“思无邪”？

这还真是一个诗人要解决的问题。当然，我的解释未必是孔夫子“思无邪”的原意。

大自然有阴有阳，人心有善有恶，社会事件复杂多变，所谓得意处只占一二三，不如意处却占七八九。善人被欺，良人多难，好事多磨等等。人间满是委屈、扭曲、阴谋、倾轧，如何“无邪”？

我理解：思无邪，不是盯着阴暗、阴谋、扭曲、不平，去愤懑，去刀出鞘、弹上膛，去怒从心头起、恶向胆边生。而是要以“思”去正“邪”。

诗歌的力量是诗人把自己的理想国展示出来，去影响、感化邪恶。这个力量肯定有限，但会长远。所谓道德力量，大部分来自诗歌。所以，人类社会有怎样的阴暗不重要，重要的是诗人之“思”能否释放巨大的心灵美好、善良的力量。一首诗不会杀死一个恶人，但会让更多的善良人对恶人、恶事抵制、拒绝。

诗人之思，只向往美、善。

好人、善良的人受难、受委屈是正常的事，坏人、恶人是无法消灭的，或者，正因为有坏人、恶人，才让诗人们有强大的动力去向往美好。好诗人受点委屈不是坏事，受过委屈，可能会激发更强烈的激情，文字更具深情，此种案例比比皆是。比如司马迁。

司马迁对《诗经》有一段话，似可做“思无邪”的解释：“诗三百篇，大抵圣贤发愤之所为作也。此人皆意有所郁结，不得通其道，故述往事，思来者。”

诗人便是“述往事，思来者”之人，此等“思”，定“无邪”。

七

经常与从事格律诗创作的先生们接触和对话，他们投入的状态让我惊叹，但他们偏狭的执拗也让我无奈。比如，“格律不工，就不是诗”这样的论调。我常对他们说：你写的是诗呢还是格律训练呢？一首诗不传达感情，只有工整的格律，能叫诗吗？此种辩论，有时我会把老先生们气得手发抖。有时我也真是于心不忍。

我曾对一位酷爱格律的工程院院士说：莎士比亚的十四行诗，在英语世界里是有格律的，可我们读的汉译本已没有格律，您能说不是诗吗？同样，李白、杜甫等格律诗译成英语也不会有格律，英语诗人同样把李白、杜甫当大师。格律是音乐的需要啊！尽管我古今中外地举例，苦口婆心地说，效果依然不明显，他们依然坚持：首先是格律，格律不工，就不是诗。

其实，原因很简单，这些先生们的阅读不够，盲目地理解格律诗。岂不知，李白、杜甫等就没几首合律的。

赵翼在《题遗山诗》中说“赋到沧桑句便工”。这沧桑是人类情感，是诗人的内心欲望。情感、欲望释放得得体，诗歌自然就是“工”。杜甫的《饮中八仙歌》、李白的《赠汪伦》都是打油，但不是地沟油。

有些人写格律诗，就是打油。现代生活经验无法引入诗行，古人情怀学不来，只能打油。但会打油的太多了，觉得该给打油设个门槛，诗词格律就做了阻挡打油的门槛。其实，很多现在的格律诗，有了工整的格律，还是打油，而且是地沟油。

诗是情感的流动，不是词语格律的游戏。

八

子建的《洛神赋》一直有一个问题未解，即：子建是写给谁的？一说是写给甄妃的，一说是思念文帝的，一说是子建的个人精神审美追求。初读很相信是写给甄妃的，理由是，这么美的文章只配美人享用。后来读到詹锳的《曹植洛神赋本事说》一文，詹氏说：其从《离骚》出发，以洛神为贤人，怀贤念友，因为曹植“左右唯仆隶，所对唯妻子”，故有此赋。此论，我不以为然。

近日重读《洛神赋》，我确定此赋是从屈原的《离骚》、宋玉的《神女赋》中所来。所不同的是，子建在《离骚》和《神女赋》的美丽躯壳里，用才情与学问充实了丰满的血肉。于是，我相信追求精神审美一说。

说《洛神赋》从《离骚》和《神女赋》而来，并不是说曹子建在抄袭。子建当然不是抄袭，是借意境写个人的拓展。还有，我想一篇文学作品真的不必一定要确凿地指认是写给男写给女，写给张三还是李四。有时，就是写给那么一个懵懂的方向。

至于《洛神赋》是写给甄妃说，真是大谬！就像最初读“洞房昨夜停红烛，待晓堂前拜舅姑。妆罢低声问夫婿，画眉深浅入时无”时，认为是一位新娘子写的一样大谬。

一首诗或一篇赋的写作和诗人当时的心情、情绪有关，未必和具体的环境有关。

曹子建写《洛神赋》时，是他用“七步诗”赚得小命后最松弛的时光。封了领地，拿着王侯的俸禄，不问人间冷暖。可曹子建是个诗人，有较高的精神追求。他可以思以往，也可以思未来。《洛神赋》一篇，我更相信是子建怀旧忧思、心往神驰“明天会更好”的作品。

九

对陶渊明的认识与喜欢，是从《桃花源记》始，之后才读了《归去来兮辞》和《闲情赋》。

人的阅读有时是很容易带着最初的印象先入为主的。最初认定了《桃花源记》好，并认定了陶渊明的代表作就是《桃花源记》。当然，把《桃花源记》视为陶渊明的代表作也不是什么大错。

近日重读陶渊明，忽觉得：我过去咋对这篇放荡不羁的《闲情赋》重视得不够呢？

《闲情赋》早于《桃花源记》和《归去来兮辞》写成。那时，陶渊明三十岁左右。他写这篇文章时，是他刚“辞官”归家和其夫人新亡之时。陶渊明二十九岁时，经他叔叔推荐到州里做了一个有名无实的小官“祭酒”，这是陶渊明平生第一次做官，但不久就因“不堪吏职，少日，自解归”。同一年，他夫人为他产下儿子陶俨，儿子不满周岁，夫人即病逝。此后一年左右，他写下这篇《闲情赋》。关于这篇文章，争议颇多。比如萧统的“爱情”说，苏轼的“比兴”说，等等。我还是那句话：古人吵架咱后人劝不了，用看热闹的心态好好听就是了。文人吵架，本来就没有是非、正误可言，倒是能看出吵架者的才气、性情及心胸。

我读我的《闲情赋》，不是陶渊明的，也不是萧统和苏轼的。

我觉得《闲情赋》要比《桃花源记》和《归去来兮辞》写得好。好就好在不端架子，信手随性，意到笔遂。陶渊明做官儿那段时间，深受规矩的束缚，官规、文规，让他不堪“吏职”“自解归”后，真是呼吸顺畅，心底放松，笔风自由。至于《闲情赋》的内容是说爱情，还是玩比兴，古人解析得够多的了，我无须再赘述。但有一点我是知道的：陶渊明深爱屈原，对屈大夫的“香草美人”颇有心得，此篇《闲情赋》我也读到了屈大夫的影子。若定位此篇为“爱情”说，我的确不敢苟同。中国的古人说情谈爱时，都藏得很深，很少直言，言情说爱时，必偕风物、他人同时出现。而《闲情赋》通篇从美人相貌到饰物不厌其烦地描写，仅是借美人这一“尤物”而言那时心境之自由，身体之舒展，笔端之尽兴。再说，陶渊明重视过“爱情”吗？写过男欢女爱吗？心中有耿耿于怀的人吗？

再说说《桃花源记》和《归去来兮辞》，这两篇当然是陶渊明的重要作品，也可以说是代表作。但我觉得，这两篇在本无规矩的条件下，他却自己规矩起来，有端着一个大作家架子的痕迹。

我坦白，这哪是在说陶渊明啊，我在说当下的写文作诗者。

尤其是写诗，咱别自己给自己立规矩，也别给别人立规矩。规矩要么是裹脚布，要么是镣铐。还有，总端着架子写东西挺累的。我不是心疼你端着架子累，是我们读着累。太累了，我们就不读了。

十

《诗经》中的《草虫》实在是应该好好读读。我是说那些正在谈情说爱的或正在写爱情诗的朋友。

《草虫》是一首爱情诗，写得细腻、绝对、真实、生动、精粹，是由感性到理性的有效抒情。重要的是，这首诗在两千年前就解决了痴心、专一的爱情是什么样子、该怎样对待的问题。这首诗告诉我们：爱是什么？是孤苦，是忧郁寡欢、焦躁不安，是杯弓蛇影地怀疑、彻心彻肺地疼痛和茶饭不思地叹息。若想解决这些问题，就要解决孤苦。也就是说，当深爱一个人、专情一个人而不得见时，一定会忧郁、不安、怀疑、叹息。一旦相见，则波澜凝固，大地安静。爱是“搔首踟蹰”，是“一日不见如三月兮”。

《草虫》对“爱而不见”这样描述：“未见君子，忧心惙惙。亦既见止，亦既觏止，我心则说。陟彼南山，言采其薇；未见君子，我心伤悲。亦既见止，亦既觏止，我心则夷。”看看，见不到你，我就闹腾，就忧心惙惙，就我心伤悲。见到了，就止，就夷。

又想说说咋能写好爱情诗了，答案是：读《草虫》。

十一

一次去湖州开诗会，当地人向我介绍湖州的文化名人，说了一大串名字，文人武将都有。可我知道，这些人中，有一部分只是在湖州路过或小驻。最遗憾的是，没听到他向我介绍一位真正的湖州人：南朝的沈约。或许因为沈约名声不大，没做过惊天动地的事，或许是他根本不了解湖州史或中国文化史。

沈约和王羲之、颜真卿（后两人根本不是湖州人）、吴昌硕相比名气是小了点，也没有善琏湖笔、安吉白茶那么名声远播，但在中国文化史上，沈约是绕不过去的。

嗨，我竟瞎操心，湖州人知道不知道沈约，对湖州、对沈约都不会造成什么损失。

不过，这一趟湖州之行，倒是刺激了我说说沈约的想法。沈约首先是个史学家，他撰有《宋书》《晋书》《齐纪》等等。有些书是命题作业，因为他做了南朝宋、齐、梁的三朝的官，在宋担任记室参军、尚书度支郎，也就是个办公厅大秘书，或负责记录、保管的档案室主任；在齐当了著作郎，专管史书编撰。我不想说他怎样做史学家，我想谈他在诗歌创作上的贡献。

南朝诗人大多善咏山水，偶吐离愁，以谢灵运为首。我曾大胆地猜想，南朝的诗人们，知道自己是生活在一个一觉醒来，城头已换大王旗的时代。所以，逃避时政，躲开现实，而寄情山水与儿女情长。想想看，沈约只活了七十岁左右，就做了三个朝代的官。哪个诗人能不抒山水情怀、痴男欢女爱、叹生离死别呢！

沈约是才子，有思想，有抱负，只是性情软弱。我认为，他对诗歌创作的贡献是提出了“三易”。“文章当从三易：易见事，一也；易识字，二也；易读诵，三也。”

这“三易”，我理解为：撰文、作诗，要像对母亲说话、对儿女说话，或是写诗作文给母亲、儿女看，要百炼钢化为绕指柔。

你的文、你的诗，亲切了、温暖了，就会有人爱你了。不要担心“三易”之后会失去一些技术的奥秘，技术有时是囚牢，囚住的恰是你要释放的情感。

十二

因家中陋室太小，书又多，只好把一大部分书存放到妈妈家。妈妈家的一个房间的两面墙被我打上书柜，摆着满满的书，挤得紧紧的。我说摆得满满的，不是夸张，我存书的数量还是可观的。用一本书挤着一本书，其实是我留的小心眼儿。就是谁从任何地方抽出一本书，就会留下空隙，我就会发现。（放在妈妈家的东西是不好上锁的）尽管如此，书还是一本接一本地丢。妈妈家来人较多，像邻居、亲戚、妈妈的老同事等。丢书是一件极为让人心疼的事，每看到书架上少了一本或几本书，我都会沮丧一阵，并站在书架前想：丢的是哪本呢？

书之于我，如命，绝对不是夸张。如果我今天还能说有点什么成就的话，基本上也都是书给我的。所以，我丢本书如割块肉般痛苦。

古人说：书中自有黄金屋，书中自有颜如玉。我信，但只是从精神的角度。在当下，书中大概很难带来物质的黄金屋、活生生的颜如玉了。

因为我对书投入了全部的感情，几乎寄托了整个生命，所以大有宁可割肉不愿丢书的意志。可是，书架上的书，有时就是用来丢的。美好的事物，真的很难独享。

“十一”期间，我在妈妈家住了七天，面对丢失的书的空隙，暗暗思忖：拿走我书的人，会好好读吗？会好好保管吗？如果，那本离我而去的书，遇到的是个好读者、好的爱书者，珍惜它、保护它，那也是有了好的归宿。但愿是真爱书者拿走了我的书！我最怕有人一时兴起，觉得某本书好玩，顺手拿走，随意地翻翻就当废纸扔了。若如此，我将戚戚然。

我读过的好书，会令我刻骨铭心，虽然不敢说倒背如流，但书的结构、细节及其中蕴藏的精气神是历历在目的。

我看好书，如看美人，只记美好处，忽略缺点。

呜呼！失书之痛，痛彻心扉。

十三

近两年，不断有诗人非正常死亡。这接二连三的噩耗，让我心惊胆寒，晴日无暖，骨头都要结冰了。

在我还没有完全接受韩作荣的离去时，陈超又走了，是自杀。

想说说自杀，也想说说陈超。

其实，人在活着的时候，都万念俱灰过，都体验过“死”。行尸走肉是死；无情无爱是死；关闭自己，不与外界交流，不再接受外界信息，也是死。

一些有思想的人，自杀是向死亡要生命，要尊严，只是过于偏激。大概很多人都有过自杀的一闪念，我就曾有过几次。不是遇到什么想不开的事想自杀，而是觉得死是件很神秘的事。乘船在大海中航行，一定有过跳下去的冲动，站在危危高处也会有向下飞翔的欲望。当然，知道死是一条不归路。可是，遇到被委屈、误解，或烂事烂人缠身无法斩断以及心理压力过大自觉无法承受时，也多有一死了之的念头。这些年来，无论遇到什么难以忍受的事，无论怎样地想一死了之，我都一直坚定一个信念：我死都不怕，还怕活着吗？

陈超是心理压力过大而导致抑郁，导致失去自信，导致一死了之。陈超是个明白人，是个有理性的人，他的死，不是一时冲动，是蓄谋已久。陈超病了，为家庭压力而病，为自己身体失衡、失去旺盛的写作能力而病。陈超太要尊严，他无力承受种种不堪。一个父亲不能完成使命，一个诗人、评论家丧失了写作能力，他认为自己已经失去了尊严，他选择了离开。他把死当作一种尊严，当作存活期的一个句号。如果他能听到我说的那句“死都不怕，还怕活着吗”，也许，他面对死的时候会犹豫一秒钟，也许这一秒钟的犹豫，就可能改变念头而不怕活着。

人活着，肯定是一件艰难的事。尤其是想活得有尊严。我曾对一位比我大一天的朋友说：你比我大一天，就比我多吃二十四小时的苦，多遭二十四小时的罪啊。这话乍一听像是撒娇，其实不然。想想，我们成年以后，哪一天会过得轻松？一位诗人说：“生活——网。”我觉得岂止是“网”！人在复杂多变的生活中，就是被蜘蛛网粘住的小昆虫，在柔软有弹性的网中，有力量也施展不出来，并且越挣脱越被网缠得紧。有一句接近真理的话，叫作：顺势而活。

在不愿接受又无法挣脱的现实面前，必须变被动为主动，变拒绝为享受。

陈超没做到承认现实、享受现实，没弄明白他活着就是诗坛的一分力量。他毅然决然地从十六层楼的窗户飞向大地，让诗坛震惊，让朋友哀叹。噫吁呼！痛哉，惜哉。

11 月 2 日午夜，我和霍俊明在石家庄的一个宾馆里，谁也睡不着。3 日要到殡仪馆送陈超走，那是我们和陈超在阳间的最后一次见面。霍俊明在床上翻来覆去地叹息、流泪。（陈超是霍俊明的硕士导师，霍俊明的成长与陈超有着很大的关系。）我没叹息，没流泪，但心底比夜还黑。我在想：一些优秀诗人的非正常死亡，一定有一股黑色的力量在作祟。真让“奥斯维辛之后，写诗是可耻的”一语成谶？

诗人做出决定后，会义无反顾。但是，陈超不该义无反顾地离开他钟爱的诗歌，不该离开他的亲人、学生、朋友。感情上我尊重他的选择，理性上我谴责他。

我拿起宾馆的小便签，用铅笔写下了一篇不文不白的祭文。

人能飞乎？能飞。士惧死乎？不惧。

吾兄陈超，腾飞于诗作，翱翔于文论，末一次起飞扑向大地。了凡尘之血肉，驾青云之轻扬。飘飘然，君行邈远；戚戚然，苦楚无疆。

呜呼！长太息以掩泪兮，痛失儒雅之君子；叹秋风之彻骨兮，惜折诗坛之栋梁。

苍天何狠，遣我辈凄切！

秋风何唳，赠友朋情殇！

哀哉！哀哉！兄之去，若太阳失辉；兄之后，尚余几人文章。

兄去也，君去也，长空一鹤西天上。

兄去也，君去也，撕心裂肺断空肠。

十四

说孔子是中国最早、最伟大的诗歌编辑，当无可争辩。

司马迁在《史记·孔子世家》中说：“古者，诗三千余篇，及至孔子，去其重，取可施于礼义，上采契、后稷，中述殷周之盛，至幽厉之缺，始于衽席。”可见，孔子是将西周至春秋时期五百年间留存的三千多首诗歌编辑成三百零五首。西汉才将《诗》缀以“经”，固有今之《诗经》。

我们无法考据被孔圣人“毙”掉的那两千七百多首诗表现什么内容，水平如何，但我们确信眼前的这部只有三百零五首的《诗经》，为中国诗歌树立了伟大的叙事和抒情传统，树立了汉语诗歌的源头和典范。

孔子是在怎样的理念下编辑《诗经》的呢？司马迁在《史记》中说：“三百五篇，孔子皆弦歌之，以求合《韶》《武》《雅》《颂》之音。”由此，我们知道孔子为教学而编《诗经》。原则是，一，要有道德的力量；二，要有艺术的力量。孔子的“道德”，就是他老人家常说的“君子比德”的“德”。他是“唯德以选”。也就是说，一首诗有“德”的树立，就不必在“赋、比、兴”上过多纠缠。当然，一首诗无论怎样责以大义，也必须有情事缭绕其间。孔子立下的标准，直至今天，有责任感、使命感的编辑，莫不应将其奉为重要参照。

编辑读诗，一定要与所读之诗有感觉上的暗合与精神上的悟会。暗合与悟会，决定取舍。或说：编辑读诗以知柄。

编辑不是法官，不可能对每一首诗都给出一个是非清楚、证据确凿的判决。

编辑是政治责任和艺术责任的双重背负者，要立德、立情。从职业上说，编辑是诗歌的“善读”者。清代学者叶矫然说：“读诗自当寻作者所指，然不必拘某句是指某事，某句是指某物，当于断续迷离之处而得其精神要妙，是为善读。”

其实，编辑每编完一书或一刊，心里一边默念“画眉深浅入时无”，一边自信地高呼“我以我血荐轩辕”。后者，亦是鲁迅先生的感悟。补充一句，鲁迅也是个好编辑。

十五

“去复去兮如长河”是白居易先生慨叹时间流逝的一句诗。这句诗，是比较温和的提醒，不像庄子“人生天地间，若白驹之过隙，忽然而已”那样森然尖刻、刀锋锐利。其实，一个人对待时间的态度，就是对待生活的态度。

毫无疑问，热爱生活、珍爱生命的人，都珍爱时间。

时间，本是不存在的物件，它是人类为了记录生活流程而设置的一种隐性的度量衡。各种人群，怀着各种心态，对时间都抱有恐惧和敏感。而在各种人群中，对时间最敏感的，莫过于诗人。

诗人面对分秒的更替，正常反应是：一秒钟前的诗歌作品已交给历史，下一秒钟将展开又一个陌生。

陌生，是激发诗人灵感的源泉。

陌生，使诗人懂得创造。感到了陌生，就会拒绝同化，就会摒弃既定的审美惯性与习性。陌生，就不会对身边的日常生活、人间情感熟视无睹。陌生，会使诗人持久地意气风发。当然，陌生，并不会依赖破坏式“创新”的冲击而存在。无序的、无理论支撑的破坏，无论在古今中外，都不是创造，都不是陌生。

时间“不舍昼夜”地潜行在日常生活里，诗人一边要在日常生活里妥帖地安放肉身，一边要灵魂出窍地对抗时间，穿越时间。

当诗人独处，曾被忽略掉的时间，会撞上胸口，撞响孤单。由是慨叹：那些被浪费掉的日常生活，才是时间。

十六

热爱诗歌的人都知道贾岛与韩愈“推敲”的故事，也都知道贾岛“二句三年得，一吟双泪流。知音如不赏，归卧故山秋”的孤绝。无论韩愈还是贾岛，对遣词派字如此这般地执着，就是为了诗歌的“创造”。当然，此类“创造”的故事古今中外不胜枚举。

诗人写作是创造，是独创。独创，不允许寄生；独创，必须咬破罩住自己的他人的茧衣而蜕变振翅。独创，是诗人高度的精神自觉，是打开或参破那些沉默的、不常被倾听的事物与情感，做诗人自己的有力发现和见证，是展示现实社会的真实图景，呈露诗人自己的幻象，进而表现诗人自己的想象力与创造力。想象力与创造力，最终还是要靠“二句三年得，一吟双泪流”的语言做载体，才能得以有效地传达。海德格尔说：“语言是存在的故乡。”海氏的这个“语言”“存在”都应该是自己的“打开”或“参破”。

我之所以强调“自己的”，是认为复制他人的情感和词语比制作艺术赝品以牟利更加可耻。

我们希望看到的诗歌作品中，贯穿着诗人自己的灵魂，能听到诗人自己的精神言说。

有人曾担心，网络平台会消解掉诗歌的创作难度。其实不然，网络平台对诗歌意识的普及，对当下诗歌写作的多样性起到了非常重要的作用。只要不被虚荣和名利左右，无论在哪个平台创作的诗人，都是当下蓬勃发展的诗歌创作中的一分子。对于一个有着创作禀赋、经历过知识训练的诗人，从网络平台出发，可能是走向诗歌高远处的捷径。因为网络的开放性，会使诗人更自觉地坚持原创、独创。

杜甫先生说：“为人性僻耽佳句，语不惊人死不休。”就是要告诫诗人：坚持自我情感的真实，寻找带有诗人个体密码的词根。

十七

一次诗歌会议，我应邀坐在主席台上，主持人介绍时，说我是著名诗人、评论家云云。我很汗颜。我是评论家吗？编辑有评论家的功能，但绝不是评论家。

我认为，一个评论家是要有“许可证”的。孔子编了《诗三百》，也没有当成评论家。他老人家教学生时，不讲修辞手段，不讲美学意义，仅是唱唱读读，让外行听热闹，内行听门道。可以肯定，孔先生的弟子们，对诗歌这门课外行多，所以才“三千弟子，七十二贤人”。当孔子的学生子贡问他：研究诗歌，是要“如切如磋，如琢如磨”吗？孔老夫子听后才摇头晃脑地说：是啊！“始可与言诗已矣。”用现代汉语说，就是：研究诗歌“要像对待骨、角、象牙、玉石一样，切磋它，琢磨它”。孔子说：“你能从我已经讲过的话中领会到我还没有说到的意思，举一反三，我就可以同你谈论《诗》了。”

看看，孔先生对评论家的要求是能够“如切如磋，如琢如磨”，能有“如切如磋，如琢如磨”情怀和境界的人，才可以论诗。这“如切如磋，如琢如磨”的能力，就应该是评论家的“许可证”。

我这个编辑，在编发稿件时，不会与谁“如切如磋，如琢如磨”，只是自己切磋与琢磨。所以，我不是评论家。也就是说，编者体现的都是编者本人的喜好。

诗无达诂，编诗亦无达诂。论诗者诂否？

风雨未必喻今世，遑论岂能尽诗情？至道无难，论诗之道却难。

我一直对诗歌评论家怀有谨慎的尊重，我一直对编辑论诗怀有谨慎的警惕。

十八

从古至今，写诗的人大概都写过桃花。桃花一直是值得羡鲜慕艳者、多愁善感者吟咏的对象。诗中最早出现桃花的应该是《诗经》里的《桃夭》，之后才有诗人不断地使用桃花这一意象。陶渊明曾有《桃花源记》，唐人写桃花者更多，就连李白都多次写桃花。

桃花可以是理想国里缥缈的仙子，可以是入世的凡俗人情，更多的是“人面桃花相映红”的美人。桃花有红有粉亦有白，盛开时最惹蜂蝶，色泽艳得让人想入非非。于是，有“桃花运”“桃色新闻”等艳俗之说。当然，也有惨烈的，如冷兵器时的古战场，“锤到处，脑浆迸裂，如万朵桃花开。”

《诗经》中的《桃夭》，是“人面桃花”，曾被清代的文人誉为“开千古词赋咏美人之祖”。这种论断当然过于偏颇，或过于偏爱。但也足见这首写桃花的诗对后世的影响。

> 桃之夭夭，灼灼其华。之子于归，宜其室家。
> 桃之夭夭，有蕡其实。之子于归，宜其家室。
> 桃之夭夭，其叶蓁蓁。之子于归，宜其家人。

这是一首写新娘子出嫁的诗，已无异议。而且从古至今，约定俗成的是：新娘子在出嫁那天一定是最漂亮的人。所以，把新娘子比作开得红灿灿的绚烂桃花，是没有什么过分的。但是，把这首诗说成是“咏美人之祖”就显得阅历短浅了，也过于武断。更多的例子我不想列举了，还是接着说桃花。

诗人眼中的桃花，为什么有的是洁白的仙子，有的是俗世艳遇？有道是：各花入各眼。个人的心态、审美情趣和际遇决定了对桃花的态度。桃花只是客体，想念超凡仙子的和想念俗世美人的，不借桃花也可以借其他花如杏花、梨花等作喻。然而人们都喜用桃花，除桃花逢春、艳丽、半羞半野外，确实要归功于《诗经》之《桃夭》。

说了半天，就是想强调《诗经》的影响力。可以判断：陶渊明、李白及近现代诗人等写桃花，都是从《桃夭》中来。有一个词，叫泽被后世。把这个词冠给《诗经》是恰当的。那么，不读《诗经》的人去写诗，一定是不恰当的。

十九

“将复古道，非我而谁。”这话只能是李白等辈说。

说出这种话的人，一定是贯通古今，才华横溢，韬略满腹。不仅有志向和雄心，作品也一定是有时空的穿透力，会百世流芳。

北京出租车的许多“的哥”善谈，客人一上车就开聊，政治、经济、军事、文化、人情世故，无所不知。甚至奥巴马下一步要打谁，咱中央又要怎样安排干部、人事，他都知道。也有欲知天下事，“非我而谁”的气势，让你听着很热闹，可下了车，你敢信吗？

有些话，确实要看谁说的。《增广贤文》上有一句这样的话：够不着屁股的手，别往天上指。我不是说北京“的哥”，我是在说那些盲目自大的人。

常看到、听到一些写诗的人自发组织个什么流派、宗派，然后就发宣言。宣言的内容比李白这句“非我而谁”还要雄心勃勃、战旗猎猎，似乎他们的组织是诗坛救世主，他们的宣言一出，“英特纳雄耐尔”明天就实现。我也是被热闹吸引得关注了一会儿，接着就想起北京“的哥”。

诗坛要不要分出几个阵营？是不是写格律诗的、写散文诗的和写新诗的要鸡犬相闻？如果有分营而治想法的人，一定是个不通古今、无才低能、小气狭隘的人。

诗，就是诗，不是用了某种形式或格律或散文化，就变成另外的一种诗了！不贯通古今能把格律诗词写好吗？不可能！不懂格律诗词的人能把新诗写好吗？我不信！不懂格律诗词、写不好新诗能把散文诗写好吗？我绝对不信！

宣言和口号都不能是用来蛊惑人、吓唬人的，要拿出真刀真枪，就是拿出好作品来！不是编了多厚的印刷品，组织几个多大型的活动，颁了什么奖，诗歌就会自然存在。

靠活动证明拥有了诗歌的人，定遗来者羞！

李白的“将复古道，非我而谁”，是努力回到诗歌的源头，重新理解本民族的诗教和政治自觉、创作自觉，是立天地之心，显皓月之志。

《易经》中“复”卦的解释是：“复，其见天地之心乎。”

见天地之心，要通过执着的天真，而不是功利的俗念。天地之心也是世道人心。要完成天地之心，就要俯仰无愧天地，褒贬只待春秋。

二十

2012年1月，我被调到诗刊社主持工作，一种压力从天而降，一股忧思由心而生。

那年，我刚过完52岁生日，一个朋友向我索要一张字，我提笔就写了："生年过半百，已无千岁忧。"朋友高兴地拿着字走了，而我却沉思了许久。我无忧了？因为有忧，才写无忧。这是文人的毛病，或是文人都常常干的这种自欺欺人的事。我不是自欺欺人，我是希望无忧或暗示自己很快无忧。

这句话是从古诗"生年不满百，常怀千岁忧"化用来的。为什么化用这句，因为有忧。

"能者劳，智者愁。"此"愁"即是忧。反过来说：无忧者，无智。

有大智者，怀大忧，并能化忧为智。

想起孔子的一次忧。一天，孔夫子把自己关在一个小屋子里，面容凝重，目光呆滞。学生子贡看到了，不敢问，就和颜回说：咱老师在屋里发傻呢！颜回听到后，立即走到琴台边坐下，一边抚琴，一边高歌，一时噪声大作。孔老师听到后，就喊：颜回，你给我进来！颜回迈着四方步走到老师身边。孔老师就问：你为什么一个人在那儿又弹又唱？颜回不眨眼睛地反问："夫子奚独忧？"就是：老师你为什么一个人忧愁？孔老师有点儿发怒，说：你先回答我的问题。颜回有备而来，大大方方地说："吾昔闻之夫子曰：'乐天知命故不忧。'回所以乐也。"用现代汉语说是这样：啊，过去我就听到过老师的教诲：对天下的人与事知其然也知其所以然，对未来有自信就不会忧。所以我就不忧。孔老师摇头说："汝徒知乐天知命之无忧，未知乐天知命有忧之大也。”这句话是告诉颜回：如果只考虑自身的生活、学业、未来，虽然要忧，但这种小忧，解决起来并不难；但要解决天下疾苦、国计民生的大忧，就没那么容易了。

孔子之忧是天下之忧，所以，半部《论语》治天下。

想起这段故事时，我好像真的偷听了孔老师给学生的讲课。

我理解的“知命”是：自己必须要走的路，是一条关系众人灵与肉的路，一定存在着“忧”。所以，一边希望无忧，一边为忧而忧。

突然就想起，维特根斯坦五十二岁时，说：“像个骑自行车的人，为了不倒下我不停地踩着踏板向前。”

我不想治天下，也不想倒下，只想平平安安地工作到退休。

二十一

全世界都知道犹太人聪明，但大多数人只看到犹太人的成就，并不了解犹太人的教育。一次读闲文，看到一则犹太人的老师给学生上课的故事，这个故事一直萦绕脑际。我曾做过老师，我多次责问自己：我会这样上课吗？我误人子弟了吗？

大家都在感叹：没有好的教育，怎么会有聪明的后代。可是，好的教育是什么？

故事是这样的。

在犹太人的一个重要节日里，正上课的老师走出课堂一会儿，去办点儿事，并交代学生自己读书。老师回来时，发现学生们不是在读书，而是围在一起下棋。学生们很惶恐，没想到老师这么快就回来了，心想一定会遭到严厉批评。可是，老师并没有批评他们，反而走过来和他们一起下棋，并温和地问：你们谁能告诉我下棋的规则？学生们愣愣地看着老师，老师就拿着棋子给学生们一边演示一边说（当然是犹太人自己的棋）：“第一，你必须一步一步走，每步只能走一格，这需要你有耐心；第二，在走过中线前，你只能往前走，不能往后退，走错一步就要付出代价，这需要你有勇气；第三，只有走过中线，你才可以前行，可以后退，可以左移，可以右挪，可以一步走一格，也可以一步跨两格。这表明，要得到自由，是有条件的……”实物施教，用学生们的兴趣施教。这大概就是“寓教于乐”吧。

这位老师是讲下棋吗？看来棋如人生，是放之四海而皆准的。

我们的老师会下棋吗？我们的老师看到学生们在课堂上下棋，会和学生们如此这般地下棋吗？我们的课堂会和人生规则有关联吗？

我问的是自己。

二十二

我曾说过：“写诗就是为了找知音。”我想再通俗一点说：“写诗是为了一次相遇。”

一个诗人为什么写诗，可能会有许多答案：高大上的、嬉皮士的、正襟危坐的、俗世快乐的、严谨刻薄的，等等。我觉得，一个人写诗，很可能是给一个遥远的、模糊的、似有似无的，或根本不存在的人写的。那个遥远、模糊或不存在的人，可能就是诗人要寻找的知音。

诗人是孩子，渴望被爱。

诗人写诗时，那个遥远、模糊的人，已在诗人心里存在。可能不具体，可能只存在于幻象、联想之中，但那个人是原动力，是激情释放的突破口，是撒娇的对象。

罗兰·巴特在《小说的准备》中说："我写作是为了被爱，被某个人、某个遥远的人所爱。"罗兰·巴特应该是诗人？当然，罗兰·巴特就是诗人。

每一首诗，都是诗人心事的文字表现。有些心事是清晰、明朗的，有些心事是混沌、模糊的。所以，诗歌就不可能首首明朗或模糊。读懂一首诗的明朗或模糊的人，能看到诗歌背后诗人心事的人，就是这首诗的知音，就是在热爱这个写诗的人。当然，我不反对误读，许多大作品都是被误读出来的。

一首诗，如空中飘下的雨丝，有人会觉得缠绵，有人会觉得凄冷，这缠绵和凄冷已经和雨丝没什么关系了。但是，雨从天而降时，一定希望落到一个有温度的身体上。雨就是水，打湿的是你的心事。

读懂一首诗，就是和写诗的人交流了心事，可能还会交换心底的秘密。

二十三

诗人的写作目的不外乎是呈露个人的词语魔力与审美经验等，而这些写作目的，是通过读者的阅读来完成的。同样，诗歌的美学目的，更是要通过读者的阅读来实现。这个目的，就是要给读者带来——愉悦。

诗歌给读者提供的愉悦材料是复杂的，是诗人喜怒哀乐的混合物。诗人既希望读者能够敏锐地识破诗人语言的智谋，又渴望读者能从诗人的作品中认识"诗人是谁""诗人心中的世界是什么样的"。也就是说，读者从诗歌中获得的愉悦多少、深浅，可能是判断一首诗的艺术品质或社会价值功能几何的标准。

换句话说，诗歌的美学目的能完成多少，是受到读者群体审美判断和价值衡量制约的。

我们想说的是，我们给读者朋友们提供的诗歌，是艺术品，是可以给朋友们带来愉悦的艺术品。这些艺术品，是饱含人类所有情感的诗人的劳动与创造。

诗人写作是情感释放的艺术通道，阅读也是。中国诗歌的美学传统，从《诗经》开始，就是“立象以尽意”。

诗人的写作大抵是不会离开“立象以尽意”这个具有核心意义的审美指标的。但是，诗人不过是个体劳动者，个体劳动的作品必然是各具特色的。而正是这种异态纷呈，才使得诗歌多姿多彩，才使得诗歌作品充满魅惑。这个魅惑，是诗人写作的动力，更是读者阅读的动力。

写诗和读诗，都是为了获得愉悦。有句话说得好：“诗人永远是十八岁。”十八岁是什么样？心灵自由，性格率真，想象力丰富，创造性强，对未来充满自信。

北宋人程颢写过一首《春日偶成》，这里不妨拿来别做一用，诗曰：“云淡风轻近午天，傍花随柳过前川。时人不识余心乐，将谓偷闲学少年。”这个“偷闲”，应该是对自己的忠实，对生活的忠实。我们也可以理解为是对诗歌的忠实。一个“偷”字，是何等愉悦啊！那是在写诗，或是在读诗。

二十四

去广东新兴县采风，到国恩寺，那是六祖慧能将其故居改建而成的寺院。

进了寺院，当地接待我们的朋友，请寺院里的住持给我们讲讲六祖慧能的成长史。先讲慧能是第一个把印度佛教改良成有中国特色的佛教大师，接着讲了慧能怎样艰难曲折成为大师的故事。这住持和尚地方口音很重，我没完全听清楚，但大意我是听懂了。

慧能聪慧过人，悟性极高，勤劳善良，有经天纬地之襟怀。但五祖法师却让他去后院做劈柴、淘米、扫院等杂务，不让他来听经。（很像孙悟空的学艺路径）让他卧薪尝胆、韬光养晦、装傻充愣。为啥？怕他遭人嫉妒并加害。直到五祖法师想让弟子们写一佛门偈语，一直想做六祖的神秀和尚大张旗鼓地写了“身是菩提树，心如明镜台。时时勤拂拭，勿使惹尘埃”。

在神秀和尚志得意满时，五祖法师却不满意，对神秀和尚说：“汝作此偈，未见本性，只到门外，未入门内。”这个批语，等于否了神秀和尚继承六祖的可能。慧能终于绷不住了，写了：“菩提本无树，明镜亦非台。本来无一物，何处惹尘埃。”五祖满意了，欲传六祖位于慧能。

神秀和尚急了，怒火中烧了，无恶不作了，誓要除去慧能。慧能只有脱僧袍换俗装，躲猎户家里避难，才逃脱神秀的追杀。多年后，慧能才出山到韶关登莲座讲经布道。看看，俗世间为争一重要位置弑父母杀兄弟的事，在佛门依然存在。俗世的斗争都是政治斗争。

这个故事告诉我，佛本来是肉眼凡胎父精母血的人。人能做出的事，佛家子弟也会做。只有看透了“本来无一物，何处惹尘埃”者，才能成佛。

我等辈活在俗世，争来斗去，抢来夺去，有几个能悟透“本来无一物”的？悟不透，必然会惹尘埃。

阿弥陀佛。我能成佛否。

二十五

斯洛文尼亚诗人托马斯・萨拉蒙去世的消息传来的时候，我也拿到了《诗刊》编辑赵四翻译的《萨拉蒙诗选》。过去曾零散地读过一些萨拉蒙的诗，印象不深。只觉得萨拉蒙是一位很注重意趣的诗人，在东欧有着很重要的地位。当萨拉蒙离开我们时，我知道再也读不到他的新作了，才开始重视手中的这本《萨拉蒙诗选》。我问自己：为什么其人已去才想起细读？这很像中国的一句土谚：活着不孝，死了乱叫。

用两天的时间把《萨拉蒙诗选》读完，对这位东欧诗人有了一个基本完整的印象，也修正了过去对萨拉蒙粗浅的认识。萨拉蒙是一位追求个性的诗人，他的诗有许多即兴的成分、超现实的成分，部分写人与环境关系的作品却有着中庸的成分。一个出色的诗人，本来就是由复杂经验构成的，每一首诗的创作，都是对复杂经验的梳理、整合后，根据情、景、境来具体处理的。

有一节诗，被我抄到了笔记本上：

天堂里没有性，我感觉不到手，
但是所有事物和生命完美合流
它们奔突离散，只为变得甚至更为一体。
色彩蒸发，一切声响都像是眼中的海绵。

现在我知道，有时我是雄鸡，有时又是牝鹿。
我知道有子弹留在了我体内，它们正在瓦解消散。
我呼吸，多么美好。

我感觉自己正被熨烫，但全然没有灼伤。

——萨拉蒙《红色花朵》

我抄这节诗，完全是因为在阅读时与自己的心境相契合，而不是认为这是萨拉蒙诗中最出色的一首。

对一首诗的喜欢，像热爱一个人，与年龄、长相、学识、地位、财富无关。能与自己的心气相通，与心境契合就好。为其他附着的条件去喜欢，都不是爱。

诗是用词语构成的，但我读不到萨拉蒙的词语。我读到的是翻译赵四提供的汉语。我不想纠结诗可译不可译的问题，只想说：译诗不可以去本土化。

我的小女儿在四川长大，吃惯了川菜，馋了，就时常在北京到处找川菜吃。但吃过后，都觉得不正宗、不过瘾。她问为什么，我说：川菜到北京，就必须有北京特色，让北京人接受，才会有市场。这就叫“本土化”。于是，她馋得实在无奈了，就跑回四川去吃几天。

我们读的译诗是汉语的，为了让更多读者读出译诗之好，就要尊重汉语的习惯。语言句式的结构、用词是汉语的，有些抒情手段也是汉语的。但不能完全去掉原创的原汁原味而成本土作品。当年，有好事者把波德莱尔的《恶之花》译成五言押韵的类格律诗，结果是：我们既看不到波德莱尔，也读不到好诗。

负责任地说，赵四译的《萨拉蒙诗选》是很好的。所谓好就是：在译成汉语的诗歌背后我看到了萨拉蒙的形象，感受到了萨拉蒙的美学追求，甚至能看到他说话时的口型与语速。

翻译作品，就是土洋结合的产物。译作，一定要有翻译家的再创作。

曾经有一段时间，我国有一批诗人的作品被誉为“翻译体”。就是一些人读了太多的译作，并尽量让自己的作品习洋去土。甚至想，最好能写的直接是译作。写作时，从结构到用词都模仿“洋话”，结果只是外在的建筑像“洋”体，而内核不土不洋混乱不堪。不管是喝洋奶长大的，还是喝本土奶长大的，只要说中国话，就得尊重中国话的习惯，否则就是疯人呓语、痴人说梦。读者对新鲜事物的接受、辨析能力是很快的，靠披洋旗做虎皮是蒙混不了几天的。失去读者，作品也就失去了生命力。好在现在这种现象近乎绝迹。

嗨，说萨拉蒙，咋把话题扯出这么远。

二十六

因要随中国作协组织的作家团去塞尔维亚和克罗地亚访问，而且主要是诗歌交流，我就觉得该备备课了。当代的塞尔维亚诗人我知之甚少。记得有一年在“青海湖国际诗歌节”上看到过一位塞尔维亚诗人，叫什么名字也忘了。临行时，我们在作协集合，我问谁知道塞尔维亚的诗人，作协外联部的处长吴欣蔚告诉我一串名字，并说她译过一本塞尔维亚诗人德拉根·德拉格伊洛维奇的诗集叫《红山之鸟》。我一下放心了，有诗集译本，就不愁交流了。但同时我也自责，对东欧诗人了解得太少了，平时咋就没多留心读读呢。

这本诗集译本不厚。上了飞机，坐定，就开始阅读。这本诗集，同样是很好的译本。我认真地读，边读边想，到了塞尔维亚该怎样交流。真是急用现读，有现买现卖之嫌。不过，我对诗歌的阅读一向很自信。在这本《红山之鸟》中，我还是找到了与当代汉语新诗的相同与差异。当然是诗人生存状态与文本之间的相同与差异。

《红山之鸟》的扉页上有作者照片，我仔细看，似乎回忆出在青海见到的他的样子。

这位叫德拉根的塞尔维亚诗人很有智慧，真性情，诗歌的内容也很丰富，略显理性，是一位追求意义的诗人。同时，我也看到他的生活环境与我国诗人的生活环境大致相同。当然了，我所看到的语言是翻译吴欣蔚根据原意重新组织的现代汉语。

他的两首诗，我很感兴趣，与中国当代的优秀诗歌没什么差异。我拿出笔记本就抄录下来：

保守秘密

让我们自由地迈向未来，
但要保守秘密。

不是美好的幻想，
也不是残酷的言语。
没有什么可以拭去就在唇边的名字。

那未写完的书想要向这个世界昭示什么？
被遗忘的快乐是怎样的伟大？

不管希望如何缥缈，
总胜过没有回头路，
深邃是一首未完成的诗所用去的时间。

如果不注明这是塞尔维亚诗人德拉根写的，我一定相信是当代中国诗人写的。我也当然地相信翻译吴欣蔚是忠实原意而直译到汉语来的。

这首诗对我的触动很大，丰富、灵动、通透，生命的状态、情感的坚韧都表现得几近完美，是我想写却一直没写出来的诗。我的思绪随着飞机摇摇晃晃，心里也在想一个名字、一个秘密、一首诗。

就这一首诗，我已准备好了与德拉根先生的交流话题。

还有一首很短的诗，也被我抄录到笔记本上。

我的伤逝

我的伤逝广泛而警惕地存在着，
那无法掌握的秘密，
囚禁于朦胧清晨里的露珠中。
我愕然伫立在那扇从未开启的门旁。

上帝，当您让我堕入此途，
难道这就是您赐予我的一切？

这首诗，虽然稍嫌理性，但留下的可阐释空间是非常大的。我抄录完，心里已经升起敬意。

到塞尔维亚首都贝尔格莱德后，我们团的第一站，就是去伊沃·安德里奇基金会。安德里奇是前南斯拉夫作家，1961 年曾获得诺贝尔文学奖。安德里奇没有后人，去世前就设立了这个基金会。现在这个基金会负责处理安德里奇的版权等事宜。这个基金会的负责人就是诗人德拉根·德拉格伊洛维奇。

德拉根很高兴地接待我们。我们坐下来后寒暄了一些客气话，然后他就以一个安德里奇基金会负责人的口吻和我们谈安德里奇版权的出售和翻译的情况，还提到了中国的一家出版社翻译出版了安德里奇的作品，也没和他们签过约，纯属盗版，并委托我们的团长阎晶明先生帮着查查。并说：稿费不要了，样书送来就行。

没有谈诗歌。他只说了这次中国诗人来交流的诗作是他译成塞尔维亚文的。我们去之前，先把诗作译成英语，他再从英语译成塞语。我不知道，一首汉语诗歌转译两次后会成为什么样子。嗨，反正什么样子也得接受。最后，他委托我们代问他在中国认识的两位朋友好，这两位是吉狄马加和吴欣蔚。

第二天，我们到塞尔维亚作协开诗歌朗诵会，我读的是汉语，塞尔维亚国家作协主席读我的诗歌，用的就是德拉根翻译的塞语。我听翻译说，德拉根先生把我的诗译得不错。台下坐着的听众的眼神和掌声给了我一定的信心，但我知道有礼貌的成分，也有诗歌朗诵的效果。

期待和德拉根先生交流诗歌，因行程安排得很紧，终于没能实现。好在我们都互相读了作品，也算有了单边交流。

没见到德拉根先生之前，我用他的诗歌来猜测他的形象，见面后，我在猜想他是在什么时间和状态下写的诗歌。我的结论是，用诗歌来给诗人画像，差异一定是很大的。

和德拉根先生见了两次面，说过的几句话大多是寒暄。他的面容可能我很快就会忘记，但他的诗歌我会永远记得。

二十七

随中国作家代表团去塞尔维亚和克罗地亚进行文学交流，我并不兴奋。因为我对那一带地区的文学状况知之甚少，没读过几个前南斯拉夫的作家诗人的作品。互不知彼，如何交流。但这是一次以诗歌为主的文学活动，我又没有推却的充足理由，就答应了。

六日，我们午夜从北京起飞，到土耳其伊斯坦布尔机场转机才能到达塞尔维亚首都贝尔格莱德。北京到贝尔格莱德竟没有直飞？我问：为什么？有说贝尔格莱德机场小的，有说航线有问题的。然而我觉得这些原因都站不住脚。到贝尔格莱德是当地时间上午十点，依然是六号的十点。有七个小时被地球的自转公转给吞噬了。也好，我们消耗了两个六号。

贝尔格莱德国际机场和北京长途汽车站的规模设施差不多。

出机场，我们来到一家咖啡厅打尖休息。这家咖啡厅门框上有一个标牌，上面印着大红色的“?”。一问才知道这家咖啡厅就叫“?”。这个名字很有意思，“?”。我们对这个名字都很感兴趣，问翻译乌拉迪米尔。乌拉迪米尔是个小伙子，在中国语言大学学习过一年，汉语很好，和我们交流没有丝毫的障碍。他说，这家咖啡厅已有两百多年的历史，他的对面就是东正教最大的教堂圣萨瓦教堂，侧后面是前南斯拉夫公国的王宫，这家咖啡厅开张时就不知道该起个什么名字，不知是谁说，就叫“?”吧，于是这家“?”咖啡厅就诞生了。

我一边喝着咖啡，一边向窗外张望。天是阴郁的，街上很少行人。偶尔走来几个人也是低着头不紧不慢地踱步，让我们既看到他们的悠闲，也看到他们对生活的态度。东欧人的闲散，我是有过耳闻的，今日一见，果然如是。

我又开始琢磨这家咖啡厅的“?”了，问什么？问谁？咖啡厅的门很低，进来出去都要低头，都要把自己的腰身弯成问号。因为我们预定的酒店要下午才能入住，所以，这个上午就得泡在这家“?”里。我拿出笔和本，开始用诗的形式记录此时对“?”的感受。虽然有点酸，但也是习惯。

？

这个符号藏有秘密
用左眼看是淋漓的鲜血
右眼看是滚烫的吻

这是一家有两百多年历史的咖啡馆的名字
咖啡馆只有三十平米
它正面对着贝尔格莱德最大的东正教堂
背面是16世纪南斯拉夫公国的王宫

几经战火和多少代王权更替
教堂无损王宫无损咖啡馆也无损
咖啡馆弱小
问号却穿透了时空

咖啡馆的门楣很低
出出进进的人
都要把自己弯成问号
问着进去问着出来

什么人起的名字
把人的生活状态做了咖啡馆的招牌
葡萄酒和咖啡不能把问号拉直
王宫和教堂呢

我在这家咖啡馆里
只喝了一杯咖啡

问号就在心里动起来

诗写完，合上笔记本，大家就去酒店了。路过一座桥，翻译说：“下面是萨瓦河，下游不远，萨瓦河就与多瑙河汇合了，萨瓦河就在贝尔格莱德结束了。”我们大家对萨瓦河知道得不多，对多瑙河的记忆多来自电影。但在电影里看到的多瑙河不是贝尔格莱德这一段。前南斯拉夫的电影看过两部：《瓦尔特保卫萨拉热窝》和《桥》，那是少年的记忆。《桥》的主题歌《啊，朋友再见》，在中国流行了十几年。

贝尔格莱德这座城市不大，规模、占地、建筑都无法和中国的中等城市比。很快我们就到了酒店。

塞尔维亚之旅，就算正式开始。

二十八

我们入住的酒店，名字叫“zira”，据说很像英语中“零”的发音。酒店的斜对面是一座花园似的处所。我问翻译，那是什么所在？乌拉迪米尔说，那是一座公墓。哦！住在零里，对面五十米就是公墓，这是生与死的距离？我又开始冒酸水了。进房间稍加整肃，就出发公干。在汽车上我拿出笔记本，草草写下几行字。

距离

住进贝尔格莱德的宾馆
宾馆的名字叫“zira”
据说很像英语中的“零”

我们住在“零”里?
我不断地翻检读过的哲学句子

宾馆的斜对面
有一座绿树花草掩映的花园
我问翻译：那是什么地方?
翻译说：那是一座公墓
并补充说：距宾馆 50 米

50 米!
是隐喻还是规定
是生与死的距离
还是零到墓地的距离

二十九

塞尔维亚曾是土耳其的占领地，卡拉梅格丹城堡是塞尔维亚最古老的城堡之一，也是贝尔格莱德这座城市的中心，现在还保留着原貌。城堡的修补痕迹就是历史的痕迹。站在城堡的另一端，就看到了萨瓦河与多瑙河的汇合。一条河流结束使命，另一条河流壮大起来，河流在活生生地演说人类历史的进程。

卡拉梅格丹城堡的外面是个很大的广场，绿树掩映，矗立着许多雕像。我问乌拉迪米尔，这都是谁的雕像？乌拉说：这里是诗人广场，这些雕像都是过去的诗人、作家，有些诗人、作家活着时并不是很有名气，也未必有什么成就，但当他们去世后，人民还是要给他塑个雕像。我愣了一下，接着就对这些雕像送去崇敬的目光，对这个民族致以崇高的敬意。当然，也有慨叹。

塞尔维亚全国仅有八万多平方公里，贝尔格莱德占地三百多平方公里，这个诗人广场占地两平方公里多。这个国家、这个民族对诗人和作家的热爱、尊重就不必多说了吧。

诗人广场边有一家咖啡馆，我踱了进去，屋里有一个很大的书架，书、报、刊都有，而我此时是目不识丁的。有两个年轻人拿着一本书在讨论着什么，我稍走近一点，看到他们拿着的应该是一本诗集。我无法告诉他们，我也是一位诗人，我也想参与他们的讨论。他们也发现我在看他们，他们的眼中也认不出我是诗人，并且眼中充满警惕。为了不让他们捂着钱包奔跑或不让他们报警，我自觉地走了出来。如果他们是诗人，也只能是相逢不相识啊！

天空下着小雨，鸽子和麻雀在我们的面前悠闲地走来走去。据说麻雀是贝尔格莱德的市鸟，还做过一次大型国际运动会的吉祥物。哦，麻雀，适应环境的能力强，生命力旺盛，繁殖能力强。

应该向麻雀学习，我说的是诗人。

三十

一个小兄弟送我一本《悔晚斋臆语》，是大学者陈传席写的。兄弟送我书时说：你不是写《三余堂散记》吗，看看这个。赠送书籍，是文人间的传统雅事。但我当时想，一定是我写得太烂，兄弟看不下去了，让我读读这本书来望而生畏。我当然要认真地读。不过，读了再好的书，也不会打击我写东西的热情。世界本来就是一首多音部组合的交响乐，或者说句俗话：大狗叫小狗叫，各叫各的调，越叫越热闹。我就是那个凑热闹的。唱美声的歌手不必嫌唱山歌的农民土，唱山歌的农民也不必说唱美声的是鬼哭狼嚎。

陈传席先生是个有着独立个性的美学家，其在中国美术史方面的研究颇受业内尊重，闲时也涉足文学，如小说、散文等。这本《悔晚斋臆语》的扉页上，陈先生写下这样几句话，我认为可做所有想著书立说者之座右铭，或为之戒："臆语者，主观臆断之语也，然非顺世迎俗、俯仰时好之语也。"当下，"主观臆断"者多，不"俯仰时好"者鲜。

这本《悔晚斋臆语》里的文章都很短，三言两语点到为止，决不多发议论，给读者留下的阐释空间很大。陈先生在序文中说："不夸饰矫诬，不欺世佞人，务当有补于世事、人心，如是而已。"

陈先生书中有一篇小文，叫《大商人、大文人、大英雄、大流氓》，全文不到一百字，前四句分行。我抄录于此：

大商人必无商人气，
大文人必无文人气。
大英雄必有流氓气，
大流氓必有英雄气。

这四句话真是大实在，大哲学，是从底层经验生成的美学结论。读一遍，一些人映入脑海；读一遍，一些事件在眼前浮现。这就是大学问家写的东西，简单、质朴、清新、亲切。谁读了也不会消化不良。

举陈先生这四句话的例子，说这些感慨的话，是因为读过太多需查辞典、翻资料、对原文等等还是觉得消化不良的美学理论。

三十一

有一阵子，全民争看并纷纷评议中央电视台播放的《舌尖上的中国》，因受好评，剧组又续拍了《舌尖2》，据说《舌尖3》也制作完成待播。这是介绍中国美食的节目，我也看了几集，确实不错，真是表现出我们这个文明古国在源远流长的历史长河里，吃是重要的支流。但同时，这个纪录片也是培养吃货的节目。我反正是一边看一边垂涎三尺。

吃货，未必是贬义。讲究吃，也是生活理想之一，是美学范畴的一部分。其他领域的不说，仅作家、诗人圈里，善吃、会吃、爱吃者也比比皆是，且古来有之。

西晋时就有一位诗人因善吃保住了一条命，此人名曰张翰。张翰以家乡的美食为荣，处处宣讲，并诞生了一个成语：“莼鲈之思”。

说句实话，魏晋时期确实是中国文化大发展、大繁荣的时期，堪与春秋“百家争鸣”时有一拼。不过，那时的许多作品，我并不喜欢。虽潇洒倜傥、放荡不羁是可取的，但炫彩、艳丽、奢靡者多。那时期的“大赋”众多，可“洛阳纸贵”，可成战斗檄文，可为求爱法宝，亦可置换黄金，不一而足，此处就不多赘言了。

我想说说张翰。

读过李白的一句诗：“张翰黄金句，风流五百年。”李白说的“黄金句”，是张翰写的《杂诗》之一。全诗如下：

暮春和气应，白日照园林。
青条若总翠，黄花如散金。

嘉卉亮有观，顾此难久耽。
延颈无良涂，顿足托幽深。
荣与壮俱去，贱与老相寻。
欢乐不照颜，惨怆发讴吟。
讴吟何嗟及，古人可慰心。

张翰的《杂诗》共三首，这是之一，也是最好的一首。他还写过一些赋，估计读过的人也不多，我读了几篇，也没读出什么大好来。咱还说这首诗吧。“青条若总翠，黄花如散金”曾做过唐代科举考试的试题，李白说他“风流五百年”，大概也有其诗句作为科考试题的因素。看来诗文进课本、进考场，是件风流的事。怪不得许多作家写得不咋样，却挖空心思要诗文进课本。于是就有人做起这个生意来，编教材，编不了正式的就起名“教辅”，甚至大名就叫《大学语文》，编这样的教材就一个目的，骗钱！文章好坏且不论，只要你能拿钱来。这样的“教材”，我家里就有一本，是一个朋友送我的，说：《大学语文》教材收了他的诗文云云。听到这些，我确实跌了眼镜，并为学这些课文的孩子们担忧。嗨，闲话少说，接着聊张翰。我曾看过几篇解读张翰这首诗的文章，把句中“黄花”说成是菊花，并赋予许多高大上的寓意。我就很纳闷，这些解读者没读全诗吗？咋能解读成菊花？首句便有“暮春”的时令指示，明明说的是油菜花呀！哦，菊花比油菜花高大上！评论家在文本解读时的无中生有能力，我真是佩服得五体投地。古人这样，今人亦如是。

这也是扯闲篇儿，我要说的是吃货张翰。

西晋统一全国后，司马炎为了更好地维护统治，大批引进江南名士，也就是原来的吴人，使首都洛阳真正成为政治、军事、经济、文化的中心。一时各路英雄、八方豪杰纷纷到洛阳来显神通。张翰也在其中，但他是诗人，投奔刚消灭了自己国家的晋朝，还是要表现出一些矜持的。《晋史》有如下描述："会稽贺循赴命入洛，经吴阊门，于船中弹琴。翰初不相识，乃就循言谭，便大相钦悦。问循，知其入洛，翰曰：'吾亦有事北京。'便同载即去，而不告家人。"看看，多体面！北京有事，咱顺路，搭载而来。

张翰本是奔着统一了三国纷争的司马炎这位英雄来的，可他到洛阳不久，司马炎就死了。齐王司马冏把张翰封为东曹椽，也就是贴身秘书之一。这是不大不小的官儿，但权力肯定不小，是真正的"秘书帮"成员。可这时，张翰已经看到了晋朝的腐败，猜想晋朝的末日也不远了，想回江南去。辞官而去，没有充足的理由是要杀头的。张翰是苏州人，此地人多善美食。于是，张翰说：想回老家看看，想吃菰菜、莼羹、鲈鱼脍这"吴中三味"了。这显然是托词，就是不想在晋朝做官了。不过，我觉得，想吃家乡的美食，也是很强大的理由。估计司马冏也和我想得一样，就同意他回江南了。

民以食为天，天有多大，吃的力量就有多大，这是较为积极的说法，消极的说法是：人生在世，吃喝二字。看看，活着不就是为了一口饭食嘛。当然，在政治家甚至哲学家的眼里，吃饭是为了保证完成心中的理想。苏格拉底就说："吃饭是为了活着，但活着绝不是为了吃饭。"道理是谁都懂得的，但吃不好就睡不香，就心思紊乱，何事可为呢？

张翰用想吃家乡美食的理由逃离了政治权力中心，获得了自由，甚至可以猜想，是获得了生命。留在洛阳的那些人之结局已经证明了这一猜测的正确性。《晋书》载，张翰离开洛阳前对留在洛阳的好友同乡顾荣说："天下纷纷，祸难未已。夫有四海之名者，求退良难。吾本山林间人，无望于时，子善以明防前，以智虑后。”不消多言，通过这几句话，便知张翰善美食是真，借“莼鲈之思”逃逸是真，吃货是假。

张翰是个好诗人，能被李白说“风流五百年”，不只是因为他写了那首诗，也不是诗句被选做科考试题，而是说他懂得怎样远离权力中心。那些恨不得把脑袋削个尖儿往权力堆儿里钻的诗人，写出什么样的作品，大概也难“风流五百年”。

三十二

五年前，我率一个作家团到浙江舟山参加当地的一个民俗活动。我们在采风时，我问当地一位陪同的官员：悬岙岛在哪儿？现在做什么？他眨了几眨眼睛说：那里没什么呀，就是个小渔村吧。我默声了，也没往下问。

两年前，我到宁波的鄞州区参加一个会议，当地的一位朋友向我介绍鄞州的历史名人，介绍一大串名字后，我问：张煌言在这里还有故居吗？他愣了半天，说：张煌言是干吗的？我们鄞州人吗？我又哑言了。

在中国的历史上，我最佩服的诗人之一就是张煌言。用现在的话说，他有点傻，不识时务。他誓死捍卫自己的立场，做了一件明知不可能成功而又坚韧不拔地去做的事，那就是反清复明。他坚持抗击清军二十余年，大明朝早就烟消云散了，他依然奋勇作战，毅然决然。直至康熙三年，由于内部士卒出卖，才在悬岙岛被捉住。也就是说，明朝的最后一块土地是悬岙岛。

张煌言的偶像是岳飞，他的诗《甲辰八月辞故里》可为证。“国亡家破欲何之？西子湖头有我师。日月双悬于氏墓，乾坤半壁岳家祠。渐将赤手分三席，拟为丹心借一枝。他日素车东浙路，怒涛岂必属鸱夷。”

张煌言，浙江鄞州人。字玄著，号苍水。明崇祯时期的举人。那时的举人、秀才，首先是诗人。当然，如果张煌言不是有这等反清复明的壮举，也可能我不会专门去找他的诗来读。读过他的一些诗后，我觉得他真是一个铁骨铮铮的诗人。判断一个诗人的好坏，除作品外，品行和坚贞是最重要的元素。诗人的骨子里一定要有铁，审美上要有铁的立场，否则会趋炎附势、奴颜媚骨、卑躬屈膝。张煌言反清复明一方面要维护民族自尊心，另一方面是诗人的担当。诗人应该负有时代的使命。

一剑横磨近十霜，端然搔首看天狼。
勋名几误乘槎客，意气全轻执戟郎。
圯上书传失绛灌，隆中策定起高光。
山河纵破人犹在，试把兴亡细较量。

——《书怀》

读罢这首诗，能和岳飞、文天祥的诗分清吗？看来，英雄都有同样的情怀。

清朝政府抓到张煌言后，真是如释重负、夜里无梦、气定神闲了。接着就觉得张煌言是个人才，要劝其降清，并许以官职俸禄。张煌言冷笑着说：哄小孩易，骗张苍水难。这不仅是英雄主义的气节，也应该是诗人的气节。

清政府最后在杭州的弼教坊将张煌言砍了头。民间盛传，砍头时，一把钢刀还没碰到张煌言的脖子就自行断成两截。直待张煌言喊出：“好山色，竟落得如此腥膻”后，才换了一把刀行刑毕。

杭州的弼教坊，我没去过。有几次在杭州曾想去看看，但是，我实在不愿意把屠杀好诗人的地方当风景来赏玩。

张煌言一生创作颇丰，多质朴悲壮，血泪相杂。后人整理的《张苍水集》中，竟不见一首有脂粉气的作品。我顿悟：诗人未必只用诗歌来柔肠软语风花雪月谈情说爱。

三十三

前一段时间，听到街头巷尾地议论，某界的某某及某界的某某大腕嫖娼被捉。后又有人说：那是有人设计好的美人计陷阱。是不是陷阱不重要，重要的是这些大腕自己咋能往里跳呢？人行江湖，处处有陷阱，你不上当，设陷阱的人就枉费心机了。还有，有人为你设计陷阱，一定是看到了你的弱点，判定你会跳进去。所以，在江湖行走，别把自己的弱项暴露得太多。

《增广贤文》上说：逢人且说三分话，未可全抛一片心。就是教导那些行走江湖并控制不住自己的人。

一个朋友的孩子来找我，说自己没有社会经验，让我推荐几本书给他看。我说：我先推荐你一本教人学油滑的书，叫《增广贤文》。后来，据说这孩子每天都把这本小册子放在书包里，随时地看。我倒是有些担心这孩子别学得太油滑了，而失去真挚和真气儿。

不说孩子与《增广贤文》，咱还接着说说陷阱。

在五代十国时，有一位诗人叫陶谷。其人曾在当时北方的后周供职。此人学问不大，记忆力好，许多名篇大作可以张嘴就诵。于是，被当时的官府和百姓认作是才子。一个人有没有真才实学，不是看嘴上的功夫如何，要用他的为人处事、笔下文章及他身边的朋友，来检验定夺。

先看他的一首《寄赠梦英大师》：

是个碑文念得全，聪明灵性自天然。
离吴别楚三千里，入洛游梁二十年。
负艺已闻喧世界，高眠长见卧云烟。
相逢与我情何厚，问佛方知宿有缘。

这首诗除去韵律这里不谈，就内容也过于表面化了，是华而不实的，虚张声势的。而这首诗，恰是陶谷先生很得意的一首。我们的先人对诗文的判断是“文如其人”，我认为是可放之四海来用的。

陶谷的笑话，也是被捉了一次嫖娼，当然也是落入陷阱。而设计陷阱的是另一位诗人，是写“问君能有几多愁”的李煜。

后周欲与南唐联盟结好，派陶谷做外交大臣。在历史上，出任外交官的大多是诗人。陶谷到了南唐，自恃才高，傲慢无礼。李煜看不下去了，一方面李煜也自觉才高，另一方面也是外交手段，把陶谷安排驿馆住下就不理睬了，不安排会见，晒着他。这一晒就是两三个月，并派人去后周打探陶谷有啥弱项，探风者回禀：陶谷好色。李煜等会心一笑：有这嗜好就容易处理了。然后就找来一个能唱会说的妓女秦弱兰，扮成服务员到驿馆去工作。陶谷来公干，却被晒在驿馆无所事事，正百无聊赖之际，看到了服务员秦弱兰，于是动了春心，使出了接近、搭讪、甜言蜜语地夸赞等等一系列所有好色者常用的招数，秦弱兰做出腼腆、害羞、尊重、热爱等一系列表情。秦弱兰是职业陷阱诱导员，陶谷是无法识破的，于是遂成好事。高山流水，芳草萋萋，玉体缠绕，颠鸾倒凤，帐摆流苏，被掀红浪（此处我也删去若干字吧）。按说你陶谷嫖了就嫖了，还非要多此一举，给秦弱兰写了首词。但凡浅薄之人，都是到哪儿都主动要求题字写诗的，这样的人俯拾即是。这首词名叫《好风光》，全词如下：

好姻缘，恶姻缘，只得邮亭一夜眠，别神仙。琵琶拨尽相思调，知音少。待得鸾胶续断弦，是何年？

酸吧？仅“一夜眠”就想“琵琶拨尽”还要“续断弦”，哦，吃了这口想下一口！这首词被秦弱兰拿回南唐政府，李煜等人给谱上曲，然后，召见陶谷：陶先生，您来这么久了，一是我们忙得没时间会谈，二是也让您有多一点时间领略我们南唐的风土人情，现在我们可以会谈了。陶谷整整衣衫就跟着差人上了南唐政府的大殿。宾主坐定，上酒，歌舞。一群衣袂翩翩的美女载歌载舞地上了大殿，陶谷定睛一看，傻了，领舞领唱的是秦弱兰。唱的啥？就是陶谷为秦弱兰写的《好风光》。陶谷当时真是上天无路、入地无门啊！心慌、出汗、哆嗦、面红耳赤是肯定的了，尿没尿裤子还无从查考。

不是李煜等人太狠，是陶谷太不自重。外交官咋能没谈正事就在别人的地盘里露出自己的弱项呢？再说，你陶谷一个大诗人大才子大外交官哪能和一个服务员扯这事呢？如果秦弱兰是当时南唐的影视明星或播音员主持人还说得过去。凡事还要讲究阶层对等吧。

所以，陶谷出了大丑，是外交官和诗人中的败类。

唐伯虎曾作一张《陶谷赠词图》的画并题诗讥讽过陶谷：

一宿姻缘逆旅中，短词聊以识泥鸿。
当时我作陶承旨，何必尊前面发红。

不想再说陶谷了，死去的人也不想说了，那我说谁合适呢？

你看了这篇小文，去对号入座吧！

三十四

我曾说过，我不喜欢“建安文学”时期的文章（诗歌大部分是可读的），但我肯定“建安文学”对中国文学发展做出的巨大贡献。“建安文学”上承秦汉下启唐宋，没有“建安文学”的喧闹、喧哗、绚丽、炫彩，就没有“唐诗宋词”的健康、蓬勃。

“建安文学”的代表人物就是“建安七子”。

“建安七子”虽然同处一个时期，可人品、文品差异很大。所以，“建安七子”不是我们前一时期的一些帮派，不是在一个什么主张、主义之下的命题写作群。曹家父子三人都各不相同，何况其他。“建安七子”中，我最不喜欢的是陈琳。当然，我喜欢不喜欢，陈琳也是“建安七子”之一。不喜欢陈琳，是因为他没骨气，无节操，不忠诚，干了太多辱没斯文的勾当。所以，陈琳的文章我读得最少。对陈琳感兴趣，是上中学时偷看《三国演义》时，读到他写的檄文《为袁绍檄豫州文》，当时好奇的是曹操正头风病发作，读了此文竟浑身冒汗，头脑立刻清醒，病魔远去，“翕然而起，头风顿愈”，真可谓美文胜良药啊。大家都知道这是一篇痛骂曹操的文章。我当时觉得曹操很怪，读了骂自己的文章不但不愤怒还兴奋了。现在觉得曹操真是大文学家、大政治家，懂得敌人是用来激发自己斗志的。只有文学家才能欣赏一篇骂自己的好文章，只有政治家才能忍一时之辱而图未来之治。后来，曹操打赢了战争，还把陈琳收在帐下，我特不理解。曹操咋不杀陈琳呢？现在明白了，往大里说是曹操爱才，往卑鄙里说就是政治家要做出点姿态给大家伙看：你们看看，陈琳这厮骂我骂得那么狠，我照样让他为我工作，而且很卖力气吧！

因为这篇《为袁绍檄豫州文》，读大学时想专门找陈琳的文章读，可是学校里没有陈琳的专著，只能读文学史中关于“建安文学”时期的陈琳。近些年重读了过去囫囵吞枣读的书，也是带着自己的审美观点重读，于是，对陈琳越加反感。

陈琳在汉灵帝时，依附当时的国舅，大将军何进，官至主簿。东汉末年，宦官擅权，何进欲诛宦官，太后坚决反对，何进欲召集地方豪强，引兵来京城咸阳，以此恫吓、劫持太后。陈琳曾力谏反对。可是，何进不听劝谏，一意孤行，坚持从地方引兵入京胁逼，结果董卓率兵进京，自立为太师，废少帝，立献帝，社会动乱四起，加快了东汉王朝的覆灭。何进也在乱中被杀。此时的陈琳还是一个清纯的书生。

何进死后，陈琳迅速逃到袁绍处。何进的失败，让陈琳懂得一个俗世道理，那就是书生要找棵大树下乘凉，要抱一个粗腿来苟活。袁绍是个武人，希望帐下有几个文化人。封建历史上的政治家都是这样，养几个文化人在身边，平常是摆设，偶尔用一下，捣乱就杀掉。袁绍收留陈琳，我想可能还有另一点想法，那就是：陈琳是汉朝的朝廷官员，又是大作家，我袁绍收留了他，更证明曹操是汉贼，我是汉臣。更何况，也许大才子、大作家陈琳还会有明星效应。政治家与任何人合作，都是为了党同伐异。

建安五年，官渡之战爆发，两军对垒，袁绍想起陈琳来，命陈琳写一篇骂曹操的檄文，最好是曹操看到就能气死。陈琳奉了此命，真是用尽心机、智慧、才华，作了《为袁绍檄豫州文》。此文写得真是好，应该是陈琳的代表作。把骂人的文章写得这么才华横溢，结构严谨，用词用典之到位是少见的。不像我们当下的骂人文章与泼妇骂街无异。但文人骂人还要含蓄些好，骂曹操就骂曹操，哪能把曹操的祖宗八代都骂一遍呢！而且用语之尖刻之恶毒，恐怕是空前绝后的。

这篇檄文还真有作用，不过和袁绍、陈琳的想法相反。曹操当时正苦于头风趴在床上，因卧读陈琳檄文，竟惊出一身冷汗，立刻起来，精神抖擞，斗志昂扬，一举打败了袁绍。

袁绍败后，陈琳被俘。曹操没立刻杀他，但三军将士剑拔弩张。战士们拭目以待，等着曹丞相处置这个骂人太损的秀才。曹操把陈琳带到自己的祖坟前，让陈琳当着文武百官的面读自己写的《为袁绍檄豫州文》。陈琳双腿发抖，尿没尿裤子没有记载。他一边往曹操祖坟的墓碑前走，一边想：咋能活下来呢？估计那个瞬间陈琳就把一生的智慧都用上了。终于，他想明白了：曹操也是作家，还爱才。我表现出一点气概来也许会打动曹丞相。于是，就在他拿出文章朗读前，突然振作起来，清了清嗓子，气宇轩昂地当着文武百官的面把这篇文章读了一遍。估计陈琳在读文章的时候一定听到战士们拔剑的声音了。可他坚定信念，一定能让曹丞相回心转意留他一条活命。果然，曹操听了陈琳抑扬顿挫的朗读，觉得这个秀才在此时竟能面无惧色，或许能留着将来有用。再说，一个书生在政府体系里不就是一颗棋子嘛！杀了这一个软蛋书生还会让那些对我曹某人有微词的书生因胆寒或激愤而生事。在封建社会里，政治家看待文人就是这样：听话，我养着你，别生事。心里不舒服了，去喝酒泡妞，找另一个文人打嘴架去，别对我的政治方略说三道四。于是，曹丞相就留下了陈琳的命，收在帐下。此时陈琳感激涕零，连声“谢丞相不杀之恩”。陈琳这样又归附了曹操。

封建时期，政治家眼里的文人都是软蛋，这个观念几千年都没有变化，悲哀的是几千年来许多文人并无自知之明。

文化人的三元素是：知识、情感和立场。尽忠守诚是基本品质。然而，几千年下来，钻营、拍马、贪财、苟且者太多，常让我等羞愧满面。

其实，在历史上，陈琳的变节行止还不算最无耻的，更可恶的文人是钱谦益。这个明末清初的大文豪，丢尽了文人的脸。其诗文与做人做事，简直是大相径庭。关于钱谦益，这里就不再赘述了。

三十五

历史上被骂得最多最狠的人，大概要数曹操了。至今仍有人在骂他。曹操被唾骂千年，是因为他“名为汉相，实为汉贼”。我读《三国演义》时，感情倾向也是挺刘骂曹。几千年的儒家之道、正统思想，常常会遮蔽了期盼社会进步的愿望。

当然，曹操确实做过许多令人不齿的事。一句“宁教我负天下人，休教天下人负我”，就足以证明他的世界观、人生观、价值观。话说回来，哪个政治家、富贾巨商起家时，不是双手沾满鲜血，装了一肚子狗屎？曹操篡汉是真，心狠手辣杀人如麻是真，盗墓、奸诈、好色都是真。但他推动社会进步也是真。社会进步是整个民族的，与他个人起家时的卑劣手段相比，还是利大于弊的。

千年来，文人骂曹操，武将骂曹操，不文不武的人也骂曹操。我说的这个不文不武的人是祢衡。

读《三国演义》时，看到祢衡裸衣击鼓骂曹操一节，觉得很过瘾。现在不这么想了，因为我实在不喜欢祢衡这种人。一个假愤青，一个患了青春期狂想症的病人，一个自负清高的狂人，一个读了些书却只为卖弄的文学青年。

我还看过京剧《击鼓骂曹》，几乎把祢衡塑造成英雄。

祢衡是孔融推荐给曹操的，当时的孔融是口口相传的长安城里乃至东汉的第一文人，但这位孔夫子的二十世孙，也实在不怎么样。孔融与曹操一向政见不和，孔融推荐祢衡给曹操，本来就是想让祢衡给曹操找些麻烦的。我相信，祢衡裸衣骂曹操，也一定是受到了孔融的怂恿。关于孔融，这里就不多说了，他依仗孔子二十世孙的身份也干了许多坏事。祢衡到了曹操府上，傲慢无礼，觉得凭自己的满腹诗书咋着也能弄个厅长局长干干，可曹操是什么人啊？阅人无数，人中之精英。曹操看不上这个愣头青，又不好驳回孔融的面子，就给他一个小官“鼓吏”，就是别人喝酒唱歌跳舞时，他要在一边击鼓助兴的差事。这个官可比孙悟空的“弼马温”小多了。祢衡觉得受到了奇耻大辱，于是就在曹操大宴文武时，赤身裸体地痛骂曹操。骂的内容肯定是事先写好的稿子，主题鲜明，层次清晰，有张有弛。大概这篇骂词，是祢衡这辈子写得最好最具特点的文章了。当然，祢衡也仅活到 25 岁。

祢衡骂曹操，其实是没理由的，至少是理由不充分。如果就因为一个“鼓吏”去骂，显得太肤浅了，也不够尊重这个“骂”字。文人想当官是常见的事，可是也要写出有说服力的作品或行政能力、经营能力被大官认可才行。一个仅读了几本书、一身鲁莽、刚刚出道就想入非非的人，下场是怎样都不过分。

骂人，是每个人都有的天生本事。但该骂什么人，怎样骂人，却应该讲究一些，尤其是有点文化的人。凭书生意气或青春勇气，知其然不知其所以然或被人挑唆无厘头地骂人，最后只能丢自己的人。至于裸体，除了私生活，在任何情况下都是伤大雅失体面的事。还有一句话：骂人很凶的人，一定是心底虚弱或神经衰弱的人。

祢衡骂了个痛快，就想让曹操当场杀了他，借曹操的刀扬名，一副不能骂死你，就死在你刀下也光荣的姿态。用更俗的话说：打不过你，我溅你一身血。可曹操没上当，曹操是个英雄，英雄的刀下不会轻易地有无名之鬼。曹操把他转给刘表，刘表又转给他人，借别人的刀，把他杀了。这就是政治家和文人处理问题的方式和手段之差异。

文人的力量在笔头，不是在口头。

三十六

安徽的一位兄弟来北京，到我办公室给我一本《严嵩诗选》，很旧，木刻雕版印刷，线装，有封套，没有印制单位和编者，连个像兰陵笑笑生这样的笔名都没留。我个人判断，看上去像是民国时期印制的。当然，我对版本学、考古学一点研究也没有，完全是主观臆断。我把这本诗集拿在手里琢磨半天，民国时期为什么要印制《严嵩诗选》？严嵩在中国历史上是排前十名的大奸臣大坏蛋，好像就没听到看到过为严嵩说好话的人，可什么人会对严嵩的诗歌感兴趣呢？带着种种猜测，我看了这本诗集。

关于严嵩的劣迹，史书有记载，民间有传说，方向一致——这是个没干过好事的大奸臣。

我把他的诗集读完了，突然对刊印这本诗集的人肃然起敬。严嵩虽坏，但是诗歌写得还是不错的。咏物有趣，抒怀有致，质朴典雅，工整不泥。

我抄录了几首，这里先举二首为例。

东堂新成二首

一

种树成阴辟沼渔，数椽聊此卜幽居。
诸峰稍识岚霏外，三径新锄灌莽余。
穷巷颇回高士辙，藜床时读古人书。
欲因萝薜辞簪弁，惭愧天恩在玉除。

二

无端世路绕羊肠，偶以疏慵得自藏。
种竹旋添驯鹤径，买山聊起读书堂。
开窗古木萧萧籁，隐几寒花寂寂香。
莫笑野人生计少，濯缨随处有沧浪。

就这两首诗而言，很难将其和一个千古奸佞对号入座，可偏偏这个千古奸佞就写出了这样的诗。于是，是否可以这样判断：不是只有好人才能写出好诗来，也不是坏人就一定写不出好诗。嗨，我也别文绉绉地绕了，简而言之，好诗人不等于是生活中的好人。

由是，我自我思忖检讨了许久。过去我曾坚定地认为，诗人，尤其是能写出好诗的诗人，一定是仁义礼智信温良恭俭让的人。通过读严嵩的诗，我只能否定自己过去幼稚、书生气、理想化的判断标准。看来，我对人类的复杂性了解不够，甚至准备不足。

其实，仔细想想我们身边那些心地阴暗、倾轧同行、贪财好色、蝇营狗苟之徒，其中有些人写的诗歌还真是很好的。民国时期是我们这个民族文化较为蓬勃的时期，有人能顶着被千夫所指的危险来刊印《严嵩诗选》——当然，书上没有姓名、地址，但也绝不是只印这一册。足见这是个真正为文学、为诗歌负责任的人。

严嵩有多坏、多奸，怎样祸国殃民，这是政治问题、社会学问题，应该在政治领域、社会领域里讨伐；而他是个秀才、诗人，能写一手好字，（据说北京现在许多老字号的牌匾都是严嵩题写，比如六必居酱菜等。）能创作出许多好诗，这就是文学专业的问题了。我们有这样一个坏习惯，说这个人好，就一好百好，不够好的地方就宁可造假也让他好；说这个人不好，那就一无是处，立过的功、做出的成绩都一笔勾销。严嵩专权祸国，遭千古唾骂，人们唾骂他的时候，就不再去考虑、提及这个人写过许多好诗。这种事，在我国历史上发生得太多了。比如我们天天用的宋体字，其实就是根据秦桧的字改造的。现在我们说宋代四大书法家是苏黄米蔡，据传，最初是苏黄米秦，这个秦，就是秦桧，但因秦桧是卖国贼、汉奸、谋杀岳飞的凶手，所以就把秦换成蔡。而这个蔡，据说最初是蔡京，可蔡京也是奸佞之辈，最后换成了蔡襄。苏黄米蔡中，唯有蔡襄写得最差，在我的视线里，还真没看到听到谁在临蔡襄。秦桧确实写得一手好字，蔡京也写得一手好字，他们和严嵩一样都是科考及第才出来为官的。他们在未出仕之前，我相信他们也是满腔热血一怀理想双手好文章的。坏，是他们当官后，当大官后。一个穷学生无论如何也办不到祸国殃民吧！问题是，他们坐在一个能够祸国殃民的职位上祸国殃民了，可他们的书法、诗章仍然是以书生、秀才、诗人的身份完成的，并没有祸国殃民，咋就给彻底埋没了否定了呢！

一荣俱荣，一毁俱毁，是反艺术的，反文学的。

我真诚地再一次向那个刊印《严嵩诗选》的人致敬。

我比较喜欢严嵩的诗《扬州》，忍不住还是要录在这里：

扬 州

观忆琼花色，桥怜万柳阴。
芜城今夜月，怀古一悲吟。
胜迹那堪问，长江独至今。
波间饰龙舰，早晚翠华临。

三十七

前年，应河南诗人朋友之邀，到位于南水北调中线的邓州采风。朋友在邀请我时特意加了一句："我们这水可是供应你们北京的，你们吃的水可是我们邓州的水。"这句话有幽默的成分，但也有要挟的意思。我无可争辩，必须去。吃人家的嘴短啊！

好兄弟霍俊明也同去，顿时觉得一路会很好玩儿了。好风景是身边的人。

到了邓州，当然地，除参观南水北调工程外，还是要各处看看。其实，我答应来邓州时，心里就想着一处要仔细看的地方："花洲书院"。这是范仲淹被贬邓州时的办公室、家居、书房一体的院落。重要的是，范仲淹在这座书院完成了《岳阳楼记》。

到了"花洲书院"，我站在高出四下地望，不是看风水，是看看周边环境还有多少与这座书院相匹配的设施。霍俊明拿着手机到处照相，发微信。霍俊明有博士后的经历，是当下较为出色的青年理论家，也是一位诗人。大家都把他看作是理论家，而我更愿意把他看作是诗人。只有诗人，长多大岁数都是孩子。那些心思缜密、复杂，说话左躲右闪、含而不露的才是理论家。

我是一直为范仲淹鸣不平的，凭什么"唐宋八大家"里没有范氏？

“唐宋八大家”是明朝人朱后小同学所编，若朱后小同学是一时兴起编着玩的，怎么后世就认可了呢？我曾为此查找过许多资料，想了解个究竟，无果。当然无果！一千多年了，被盖棺论定了，谁还愿意去过多质疑，或是再选出个新“唐宋八大家”？如果真有这样的傻帽儿，肯定遭一顿臭骂。可现在的“八大家”，确实说服力不够。这八个人当然都是当时的大文学家，可未必是当时顶尖的大文学家。现在这八人中，唐二宋六，泱泱盛唐就这两个散文家？韩愈、柳宗元确实是当时的顶尖文学家，只是仅此二人来代表唐代，似乎力量有些单薄；至于宋代选出这六位，实在有些说不过去。“三苏”中，除苏东坡外，那“二苏”顶多就是个二流作家。还有曾巩，不知当下有几位书生、学者知道他写过什么大作？有几个读书人读过曾先生的文章？实话实说，我读过曾先生的《唐论》，真的没读出什么好来。

于是，为范仲淹鸣不平。

也有为周敦颐鸣不平的，说周敦颐也该进“八大家”。我觉得周敦颐还是差点意思，最多算个准二流的作家。

想表扬一下范仲淹。

范仲淹本是官家子弟，因幼年（两岁）丧父，随母改嫁，曾随继父姓朱，名说。他二十七岁进士及第做了广德军司理参军，接着又调任为集庆军节度推官，随即把老母亲接到身边，并恢复了范姓。范仲淹一名便是此时开始的。

范仲淹是有政治抱负的人。当然，那时的书生接受的就是“学而优则仕”的教育。政治是无常的，有一句话，“人无百日好，花无百日红”，大概说的就是政治角斗场。

公元1043年，范仲淹第三次奉诏回京，不久便被提拔为参知政事（副宰相）。因主张实施“庆历新政”，触及了另一政治集团的利益，又一次改革失败。随后，范仲淹被贬至邓州任知州。

范仲淹幼年吃过苦，知道百姓的苦日子是什么滋味，所以他到邓州任知州后，勤于民事，常实施忧国忧民之举。他经常深入民间，出入在老百姓的田间地头，有时还亲自耕种，深受百姓欢迎。他重安抚、轻惩罚、废苛杂，在他的《依韵答提刑张太博尝新酝》一诗中，曾这样写道：“长使下情达，穷民奚不伸。”“但愿天下乐，一若樽前身，长戴尧舜主，尽作羲黄民，耕田与凿井，熙熙千万春。”此时的范仲淹，把一腔热血和政治抱负都放在邓州的土地上，文章著述都完成于“花洲书院”。他依然以关注邓州一地的生产、生活实践的方式来忧国忧民，足见他的政治野心或叫胸怀还在。

范仲淹在上任的第二年，便主持修建了位于邓州东南隅的“百花洲”“春风堂”和“蓝秀亭”等学堂，估计他是想：改革新政要从娃娃抓起。后来他又创办了“花洲书院”，成为当时邓州的最高学府。他还常到书院给众学子讲学。范仲淹的儿子，后官至观文殿大学士的范纯仁，以及官至崇文院校书的张载、曾任邓州知州的翰维，都是从这所书院走出来的学生。

就在范仲淹致力于把“花洲书院”办成“杏坛”的同时，他的好朋友滕子京派人送来一封信，请他为一座叫岳阳楼的建筑写个重修记。滕子京被贬为岳州的地方官员后，也是觉得在官场上，自己的热脸贴了政治的冷屁股。于是，就暂时放下抱负，安心地把领地好好整整。所以要把岳阳地区治理成一个经济繁荣、百姓安居的地方。当然，要想有政绩，首先要搞市政建设，做些面子工程。（估计那时不会有借工程贪腐的）于是，他便决定整修江南名楼——岳阳楼。这么大的事情，一定要有个名人为此作记才好，就像现在找名人给自己的作品写序、写誉美文章那样。让谁来为此作记呢？他想到了自己的好友、文才出众、也正遭贬的范仲淹。于是，滕子京先画了一幅岳阳楼及地理位置的草图，并附书信一封，派人送至千里之外的邓州。

面对老朋友的千里求文，范仲淹当时一定是甚为感动。当晚，范仲淹乘着酒兴，在花洲书院秉烛执笔，参照岳阳楼的草图，仔细构思起来。那时正值农历九月中旬，秋高气爽，菊香飘溢，拿起笔来他顿时思绪万千。写岳阳楼？还是写自己吧！他想到自己的坎坷经历，想到自己及滕子京的被贬，当然，他也在想嚼着黄连却说不出苦的百姓。他的政治觉悟顿时随着酒精升高，他的理想抱负也高涨起来，国富民安的理念在心里嘎嘎作响。于是，饱蘸浓墨，奋笔疾书，这样，《岳阳楼记》就成篇了，“先天下之忧而忧，后天下之乐而乐”成为评判一个领导的尺子，当然也成了挂在一些政治家口头的名言。

就凭一篇《岳阳楼记》，凭“先天下之忧而忧，后天下之乐而乐”这句振聋发聩的话，“唐宋八大家”不该有范仲淹一席吗？

离开“花洲书院”时，在书院门外的半山坡上看到几棵树，树的顶端开着一团一团的白花。我问身边的朋友，这是什么花？朋友说：六月雪。听到这个名字，我似乎真的吸了一口凉气。

霍俊明继续欢快地拍照片，发微信。

那一树的白，让我想起少年时家乡的雪。那时的雪主要是我们这些小朋友的玩具，玩儿的时候，不知寒冷，更不懂得苦。到现在看见白色，就会想起故乡。少年时的六月看不到雪，成人后，才在这里看到“六月雪”。

三十八

五年前，小兄弟慕白要我给他开个读书的目录单子。想读书的人，是有理想的人，有野心的人。这个野心是想用文化证明自己的野心，是在诗歌创作上追求贡献的野心。说句闲话，现在从一些青年诗人的作品中，我很少看到野心。有的在自己的情绪里打转转，格局小也谈不上什么意境；有的文本上虽然没有大问题，但就是看不大明白写这种诗的目的。当然，还有一部分人，敢打敢拼，追求异样、陡峭，有些是在追求创作上的突破，有些就是哗众取宠。我对那些在文本上寻求突破，力争为当下汉语新诗做出点贡献的诗人，投以敬仰的目光，他们是真正有野心的诗人。（恕不列举姓名）而对那些想作妖耍横的人，我总是嗤之以鼻，这些人是想获得关注度，想“不能流芳百世，定让他遗臭万年”。追求俗世的功名利禄，不是文化野心，是邪念贪欲。此类人我也不列举了，古今中外皆有。

古人对读书人的年龄是有要求的，最好是童子功。五六岁就去私塾馆读书、写字，并被先生谆谆地教导：“少年读书如日，中年读书如月，老年读书如烛。”按这个年龄划分，我已如烛，慕白也是如月了。不过，好在我能坚持天天读，闲时就读，努力让烛火不灭。

我给慕白开了一批书目名单，有诗歌作品的，有美学的，更多的是表面上和诗歌关系不大的书，如《酉阳杂俎》《浮生六记》《被背叛的遗嘱》及张岱的文集等。我想：慕白当时看到这个书单一定会很疑惑：“让我看小说干吗？”

果然，过了一段时间，我问他：“书读的咋样了？”他说：“诗歌作品都读了，美学类的书有些现在还看不懂，张岱的文集看了，写得好。不过，你让我看《酉阳杂俎》《浮生六记》干吗?”我非常严肃地说：“他们写的是人间的事，是我们无法再体验的事，读这些书，我是让那时的人替你生活。尤其是《酉阳杂俎》，一定要好好读，对锤炼文字、增强想象力有大益处。”他“嗯”了一声。我再也没问他接着读了没有，也没交流过体会。不过，后来看到他写的一批诗歌，我知道他读完了，而且消化得不错。

一个诗人，读过多少书，或消化了多少知识（包括创作手段)，一首诗就能看出来。

一首诗，要有丰富的文化信息量，要用词用字凝练准确，结构张弛有度，叙述有节，表达有效。这些都不能生而知之。重要的是“想象力”这个诗歌生命的根。突发奇想，人人能之，但想象用得合情合理并能准确地生成诗意，不会人人能之，要靠自身的文化底蕴。无中生有容易，有中生无难。

我不是要在这里表扬慕白，仅是拿他做例子。

我想说的是：一个青年诗人的成长，直接经验固然重要，而没有阅读的间接经验，是很难写出优秀之作的。当然，阅读经验的形成，是要靠读书人的悟性。

前一段时间读陈传席先生的《悔晚斋臆语》，其中有一节如此这般地说：“感觉、觉悟，佛家之语也。实由感而觉，由觉而悟……凡书画诗文之成大功者，必经此三境界。夫感者，师其物也；觉者，师其心也；悟者，师其性也。”

读书，重在悟，有悟方能成大功。不赘述了！

三十九

应邀到扬州听刘扬先生弹古琴，我欣然允诺。

飞机晚点，到达扬州时，天已黑透。到宾馆放下行李就往刘扬先生的琴馆走。刘扬先生琴馆在扬州东关的一条老街上。

天上飘着霏霏细雨，是那种“沾衣欲湿杏花雨”的雨。

几年前，我来扬州也遇到过一场雨，那是具有冲刷、清洗力量的大雨。那一次，我是奔着瓜洲渡去的，奔着张若虚的《春江花月夜》去的。“江畔何人初见月，江月何年初照人”是一个诗人一生的追问。

在中国历史上，没有哪一座城市能像扬州这样承载那么多的民族文化信息量。吴王夫差开凿邗沟，在这里挖下第一锹土。李白为扬州做的广告，现在已经是三尺小童便可背诵：“烟花三月下扬州。”汉唐宋元明清的文人墨客来过扬州、写过扬州的不计其数。仅冯梦龙的《三言二拍》，大约有三分之一以上写的都是扬州的故事或与扬州有关的故事。“杜十娘怒沉百宝箱”的故事，应该是妇孺皆知了。那一次，我在扬州待的时间比较长，后来还写了一首《扬州遇雨》的诗。

这一次，只是来听琴，听刘扬先生弹琴。

刘扬先生身材壮实，面容和善，一双宽厚柔和有力的手。刘扬先生是广陵派第十代传人刘少椿的孙子，也就是第十二代传人。广陵派是我国古琴体系里的重要派系。

古琴，应该是我国历史上最早成型并为士大夫所拥有的乐器。孔夫子在杏坛授课，所用乐器就是古琴，只不过那时的古琴还是五根弦的，按“宫商角徵羽”设定。孔夫子为了让弟子们更好地理解《诗经》，把三百零五首诗，都谱成了古琴曲，遗憾的是现在失传了。汉代以后，古琴才发展到七根弦。古琴的发展史这里就不多啰嗦了。说说流派。所谓流派，是指学术、技艺方面的派别。历史上古琴的流派很多，且门派之间规矩甚严。像金庸在小说《天龙八部》里写的那样：虚竹死都不肯学逍遥派的武功，因为他是少林弟子。现在古琴界已经没这么多规矩了。一个学琴的人，可以学几个门派的琴艺。

明末清初至现代，江南江北相继有了“广陵”“虞山”“浦城”“蜀山”“九嶷”“诸城”“梅庵”“岭南”等著名琴派。不同琴派的存在对古琴的发展有很重要的意义，因为有各个琴派的差异性，才造就了古琴的丰富多彩。试想，如果所有人把古琴都弹成一个曲调，那是件多么无趣的事情啊。

刘扬先生是广陵派的正宗传人，听懂了刘扬先生的琴，也就对广陵派有了大概的认知。

刘扬先生端坐琴案，屏气凝神，右手在岳山下，左手在九徽间，突然睁开眼睛，手动音出。重而不破，轻而不虚，劲健浑雄，沉着旷达。一曲《忆故人》弹罢，我许久没能从遥远的地方回过神来。我突然想起苏东坡的疑问：“若言琴上有琴声，放在匣中何不鸣？若言声在指头上，何不于君指上听？”是啊，这琴声是从哪儿出来的呢？心底，被感染者的心底！

听琴和读诗看画一样，能被曲中诗中画中的情绪所感染、所调动，就是听了好曲，读了好诗，看了好画。

刘扬先生不善谈吐，话语无多却很坚实，很像一把古琴。

午夜，我离开刘扬先生的琴房，回到宾馆。躺在床上辗转难眠，心底依然回荡着那曲《忆故人》。既然睡不着，索性爬起来，在纸上写下《听刘扬先生弹古琴》：

声音是从深水区升上来的
从丛林密处漏下来的
从高山顶端飘落的

这声音是剃刀

剔除你的年龄
你的肉欲
你心底的凡尘杂念

这声音，或急或缓
或耳语或铿锵
为我打开了一条路
一条通往远古的路

我顺着这琴声向后转
去寻找伏羲，寻找孔仲尼
找建安七子、竹林七贤
找唐诗宋词、扬州八怪
所有我热爱的先贤
都在路边等我

这琴音里
有读书声，有风月有花影
有茶有酒
有剑拔弩张

这琴音
给了我进入梦境的能力
也给了我接受拷问的机会
坐在琴音里
我被击打，被灌顶，被穿透
这声音不是刘扬先生的手指拨响的

也不是那七根弦发出的
是子曰诗云忠孝廉耻的脚步
它不仅仅是音乐
是文明史的记录

我盯着琴弦仔细看
仿佛看到刻满民族史的七根筋骨

四十

我曾调侃读过的一本翻译成五言韵文的《恶之花》，这本五言汉语诗的《恶之花》，既看不到波德莱尔的形象与情怀，也看不到诗的意义与镜像，就是一部不知所云不伦不类的怪胎书。那么，是不是欧美诗歌都不能翻译成汉语的韵文诗呢？肯定不是！有一首被我国人民几代人传诵的翻译成汉语五言有韵的诗，就是成功的典范。那就是裴多菲·山陀尔的《自由与爱情》。这首诗，鲁迅先生在《为了忘却的纪念》一文中曾引用过。全文大家都会背诵：

生命诚可贵，
爱情价更高；
若为自由故，
二者皆可抛。

这首诗是当时著名诗人殷夫在1929年翻译的。

我不懂匈牙利文，也不知道原诗是不是具有这种汉语箴言的威仪。在中国被广泛流传的诗歌，大部分都具有箴言的效果。

这首“老外”的诗，被译成箴言诗，所以流传得广泛、久远。当然，有几位好事者，当时就曾试着译成今天的现代汉语诗歌，不押韵，长短句，却都没能成功。我读了几首译成现代汉语长短句的这首诗，也觉得不如这首五言韵诗译得好。试举两例：

之一

自由，爱情！
我要的就是这两样。
为了爱情，
我牺牲我的生命；
为了自由，
我又将爱情牺牲。

（孙用译）

之二

自由与爱情！
我都为之倾心。
为了爱情，
我宁愿牺牲生命，
为了自由，
我宁愿牺牲爱情。

（兴万生译）

有人认为，这首《自由与爱情》是裴多菲为了参加匈牙利当时的人民起义、革命斗争而写下的充满革命精神的政治抒情诗，（比如由冯植生先生编写的《裴多菲传》）我觉得这种绝对的认定与理解是有误的，我对这首诗的理解可能与大家的共识略有不同。我读过一本裴多菲最钟情的人（少女乔包·爱德尔卡）的姐姐乔包·马丽亚写的一本书，叫《回忆片断》，书中对裴多菲如何痴情有淋漓尽致的描写。一句话，裴多菲爱这个十五岁的女孩，达到了忘我、失去理智、生死混淆的境地。

一个诗人的作品，尤其是出色的作品，是一时的冲动，还是整个人生阶段性的反映呢？我认为一时的冲动也是一个时期的整体反映。我觉得裴多菲的这首《自由与爱情》是他在一个时期里情感积压的一次爆发。乔包·爱德尔卡去世的两年后，1846年9月，23岁的裴多菲在舞会上结识了伊尔诺茨伯爵的女儿森德莱·尤丽娅。这位身材修长、有浅蓝色眼睛的美丽姑娘的清纯和率真，使年轻诗人又一次一见倾心，可森德莱·尤丽娅拥有大量土地庄园的伯爵父亲却不肯把女儿嫁给裴多菲这样的穷诗人。在这个世界上，对一个诗人的最大打击就是真心所爱却不可企及！尤其像裴多菲这样情种一般的诗人。虽然后来裴多菲与尤利娅结婚了，但当初那种伤自尊的恼怒并没有彻底消散。1848年，匈牙利人民革命起义爆发，裴多菲毅然决然地投身参加了革命，此时，他结婚不足三年。也是此时他写下了这首诗。此前，也就是1844年，裴多菲曾爱上的那个十五岁的姑娘乔包·爱德尔卡，依然在诗人的心里活着。死去一个心爱的人，又别扭地娶回一个心爱的人，让诗人炙热的感情无法酣畅淋漓地倾泻。

让死去的人活着，让活着的人死去，是诗人的正常情感状态。

我不想说裴多菲怎样地参与、谋划革命运动，怎样英勇无畏地战斗，直至牺牲。只想说这首译成五言的汉语诗。一句“爱情价更高”，已经表明了裴多菲的爱情观、价值观。从他短短的二十六年的生平里，我们也看到了他对爱情的疯狂和执着。

生命算什么？爱情才是最值得拥有的。这就是诗人的本性、本质。

裴多菲只活了二十六岁，留下了一千多首诗歌，不足三分之一的作品带有革命、政治色彩，大部分诗歌是爱情诗。其实，他最著名的诗歌是《我愿意是急流》，一度，我国好多诗人都曾模仿着这首诗来写作，具体的作品与诗人，我就不说了。

诗人都是为了得到情感的满足而活的，情感得不到满足，一切皆可抛。我确定地认为这是《自由与爱情》这首诗的主旨。

四十一

人总是看别人清楚，看自己糊涂。越是聪明的人越是这样。

自知者明，而真能自知者甚少。有些人，看自己时只能看到六七成，另外的三四成，自己给自己自圆其说了。也就是自己原谅自己或自负地认为只有天知地知无人可知。哄骗自己容易，哄骗他人难。

用看别人的眼睛看自己难，用哄骗自己的方法去哄骗别人更难。

人人都在喊需要真诚时，说明社会上没有真诚，真的在某个局部有了真诚，也是有限度的。真诚，是解除疑虑后的状态。

三国时，马超与韩遂是世交，彼此的真诚似乎毋庸置疑，而曹操却看到了他们之间的缝隙。那就是马超年轻气盛，自负好强，急躁草率；韩遂稳当持重，甚少冒险。于是曹操使用了一个“反间计”，便成功地将二人关系瓦解。马韩之间的问题出在互有疑虑。一个想急躁冒进，一个想稳扎稳打，彼此有分歧。如果他们之间没有疑虑，完全真诚相待，即使有反间计，也难成功。疑虑就是缝隙。

唐明皇与杨玉环，不能说不真诚，但都太自私，个人情感与朝政之间有了缝隙。如果杨玉环真爱唐明皇，就不能让他从此不早朝，而应该爱他的全部，包括朝政、大臣等；唐明皇若真爱杨玉环也应该是家国天下地爱，江山美人不是鱼与熊掌。一己私情与国家朝政之间的缝隙越来越大，唐明皇与杨玉环之间的真诚就越来越小。其结局我就不说了。

我见到一对夫妻，恩爱得像一个人一样，俩人常说：我们俩互相就是两滴清水。后来发现，女方一边真诚地爱着自己的丈夫，一边偶尔去应付着前情人。当丈夫发觉了，伤心地闹起来时，女方委屈地说：我真诚地爱着现在的丈夫，和前情人的偶尔来往是很私密的，只是应付，丈夫怎么会察觉呢？女人自信地认为不动心不动情，怎么会伤害与丈夫之间的真诚呢？真是自作聪明。

我不想讨论这对夫妻如何，我只想说：天下有真正的私密吗？一个眼风，一丝嘴角的颤动，都会暴露你的所有隐私。况且，越是爱你的人，对你的观察越细微。拉一下你的手，温度与过去有变化，都可能引起猜度。

其实，一个真正的人，可以接受所有的事实，唯独不能接受哄骗。

尤其诗人，更不会有什么隐私可以瞒天过海。

四十二

应邀去浙江的黄岩讲课。到了黄岩，我就想起一个人、一本书：张相文和《佛学地理志》。

张相文，民国人，用当时的话说是文人志士，用今天的定位是地理学家。我眼中，他还是一位诗人。

1923年至1924年，张相文来到黄岩的一座寺庙里，读书著述，写成了《佛学地理志》。这本书首次提出了“秦岭－淮河”是我国南方北方的分界线。这个提法已经问世，就获得了地理学界的认可。显然，这是一个重要的地理学认知，它的意义远比制造几颗卫星更重大。

张相文在《佛学地理志》中将中国分成六大部：“曰本部、曰蒙古、曰满洲、曰新疆、曰西藏、曰青海。本部之地，或称禹域，亦曰汉土。……就自然形势，分南北中三带述之。北带，即黄河流域。南凭北岭、淮水……唯淮水发源于北岭之支麓。实继北岭之正干，而为南北之界线。”当然，也有研究者提出，1912年出版的《新体中国地理》一书，对于“秦岭－淮河”这条线的记载要早于张相文的《佛学地理志》。书中是这样说的：“南北二岭，横绝域中，划为三带。黄河、扬子江、珠江三巨川流贯其间。北岭淮河以北为北带，为黄河流域……”后经证实，这本书主要是参考张相文早期的地理教科书而作，而张相文依旧是最早提出“秦岭－淮河”分界线的第一人。

说到教科书，这个词汇也是张相文首先提出的。1900年，他将地理学讲稿加以整理，编著了两种地理课本：《初等地理教科书》和《中等本国地理教科书》。“此二书为中国地理课本之嚆矢”。

我们今天的初高中地理教科书有“秦岭淮河是南北分界”的理论与数据的内容，却没有张相文这个名字。

张相文是现在江苏宿迁泗阳人，与思想进步的章太炎、蔡元培、邹容等结为挚友，旋经他们介绍，加入“同盟会”，积极从事民主革命运动；民国二年（1913），全国通过选举，建立国会，张相文被选为众议院议员。民国六年至九年（1917—1920），张相文写了十多万字关于革命先烈事迹以及纪念革命先烈的文章，以示对革命先烈的怀念。他写了被清政府杀害的徐锡麟、秋瑾等人的传略以及民国初年被袁世凯杀害的宋教仁、陈其美等人的传记。革命人物被写成传记最多的，乃关于辛亥革命群众进攻广州督署而牺牲的烈士，如《黄花岗义烈记》《黄花岗烈士传》等，其中林文、林觉民等福建十杰所记尤详。因民国初年张相文在北大任教时还兼任“国史编纂处”工作，掌握着这些烈士的第一手资料，故所写传记，不但详尽，而且真实可靠，为研究中国民主革命运动史的宝贵资料。

民国五年（1916），北京大学校长缺人，彼时段祺瑞任国务院总理，希望他的皖系军阀政客徐树铮为校长。张相文不畏段的势力，极力反对，并力荐蔡元培为校长。结果张相文的意见获准，段祺瑞对张相文怀恨在心。民国十二年（1923），曹锟用五千银圆一票为饵，贿赂国会议员选他为大总统，张相文拒不接受。曹锟派便衣侦探监视他的行动，张相文被迫再次潜往上海，以避其锋。也就是在此期间，张相文由上海跑到黄岩的一个寺庙里，完成了《佛学地理志》。

张相文一生钻研地理学，也在诗词文章上颇有建树。被世人熟知的诗歌《咏史》是他骂袁世凯窃国而作，不妨这里再抄录：

咏　史

窃国从来胜窃钩，山河容易掷金瓯。
内家争美儿皇贵，价重燕云十六州。

四十三

2015 年是世界反法西斯战争、中国人民抗日战争胜利七十周年。七十年了，真是“靖康耻，犹未雪，臣子恨，何时灭”。

此时，我想重读一首当年街头宣传单似的诗，那就是田间先生的《假使我们不去打仗》。

假使我们不去打仗
敌人用刺刀
杀死了我们
还要用手指着我们骨头说：
“看，这是奴隶！”

这首诗写于1938年的夏天，是中国人民抗日情绪正在高涨的时期。8月7日，在延安的文艺界同仁与延安群众共同发起了街头诗运动日，《假使我们不去打仗》就在这一时期诞生。随后，田间先生就被闻一多先生誉为“擂鼓诗人”“时代的鼓手”。

今天读这首诗，就像与参加抗战的老英雄面对面坐着，或者正仰视着一座纪念碑，庄重地举起右手，规规矩矩地敬礼。

一首优秀的诗歌，首先要保证诗人的情绪状态真实，有坚定和明确的审美追求，进而释放诗歌内在强大的感染力。有了感染力的诗歌，才能入心入肺。一首没有感染力的诗歌无论在结构、词语、意象、修辞等方面如何精妙，也只能是一张工艺精良的假币。

田间先生的这首《假使我们不去打仗》，在那样一个充满家仇国恨的情绪里，在“街头诗歌日”上要把一首诗像撒传单一样传播出去，他使用了最简单的方法，即整首诗是一个设问句。

这首诗就短短五行，把抗日战争的性质、民族的尊严、国恨家仇都淋漓尽致地呈现出来。真正的好诗都是艺术地呈现而不是技术地描绘。这首诗好像是提出了一个选择，要么拿起刀枪去打敌人，要么等着做敌人刺刀下的奴隶。而答案已经由作者自己回答了。全诗凝神聚气，没有一个多余的字，没有一丝伪抒情；像核弹头，体量小，能量大。

任何一首诗都是当时那个时代的镜子，都无一例外地要反映当时社会的情绪状态。这首诗就是抗战时期的号角，是砍向日本鬼子头上的大刀。

曾有一些人认为，诗歌是花前月下的浅吟低唱或无病呻吟，也有人质疑诗歌的社会功能，我不想对无知的人进行教育，只想说：在人类发展的进程中，所有的重要时期和重大事件，都是有诗为证的。比如这首《假使我们不去打仗》。

四十四

"在一间黑屋子里逮黑猫容易吗?"这句话是苏联的一位高官说的。这句话有点儿像中国的一句俗语：乌鸦落在黑猪身上了。

这位苏联的高官是在苏联解体前，向西方一家媒体的慨叹。小的黑在大的黑里，只能任由黑自由蔓延。于是，苏联解体。

我不想谈政治，想谈谈艺术领域里的黑猫在黑屋子里，或者说说批评家与作者的关系。

读到很多书画评论，之洋洋洒洒，之高谈阔论，之用语极端，之定位雄奇，吓得我浑身冒汗，直问自己：这么多国际级、国家级的大师，我们真成了艺术之邦，书画王国了？再读作品，发现评论家是不是因为眼花，把狗屎称作黄金塔了！其实不是批评家眼花，是黑屋子里逮黑猫，是乌鸦落在黑猪身上了。

若想有好的品评文章，批评家一定要与作者之间保持距离。批评家与作者的关系太近、太亲密，就像一对恋人，看到的都是放大了的优点。

我不能确定所有的评论家都是看红包说话，但一味地捧、抬、起哄架秧子，溢美之词无所不用其极，确实令人生疑。重要的是：你大加赞赏的那作品就是一堆狗屎，咋就成了黄金塔了？

我曾多次看见一些作者拿着作品到处找评论家写文章，也曾看到评论家叠着二郎腿、乜斜着眼睛待价而沽。评论家的无良，必然导致作品判断的混乱，也必然让一批作者和评论家变成狗屎。

我曾说过，当下人评判当下人的作品都是可疑的。可一些急功近利者，只顾眼前的一时荣光，不怕后人戳脊梁。我怀疑，是不是有些人就是习惯了享受给自己脸上贴金的感觉。

我只是说书画界，没说文学界。

四十五

初春，应友人之邀赴浙江兰溪。

兰溪从荷兰引进的大量郁金香正开，于是，诗人们就要拿郁金香说事儿，兰溪文联顺水推舟召开了一个“郁金香诗会”。我就是应郁金香之邀而来。

兰溪是个好地方，有厚重的历史文化积淀，有秀丽的自然山川，其实不必用荷兰的花儿做招牌。现在，许多地方不知道怎样才能出新，就绞尽脑汁地想新、奇、特，经常因新奇的离谱儿而贻笑大方。当然了，兰溪的郁金香诗会还没有离谱儿，它以诗歌朗诵、交流为主体。

说到兰溪，就一定要说到一个人——李渔。

当地文联的朋友，带我去看近年兰溪建造的“芥子园”。

当年李渔在金陵建造的“芥子园”，已是近乎废墟的遗址。

兰溪这个“芥子园”，基本是凭想象建造的，至少这个园子看不到李渔的情趣。我可以判定，这个“芥子园”的设计建造者，对李渔的性情是不甚了解的。

关于这个园子，我亦不便多说。现在国内有许多借个什么名儿就建的园子，比这个园子还要莫名其妙得多。

不知夏李村伊山头的“李家祠堂”现在是什么样儿了。

李渔是我非常钦佩的大才子，集作家、诗人、书画家、戏曲家、美食家、园林建筑师、花草园艺师等等于一身，真是“刀酒琴棋诗书画，风霜雪月花鸟鱼”。而且，是中国早期的图书策划大师、图书出版商。

说李渔是建筑家，源于他建了伊山头的伊山别业（即伊园），在杭州建了武林小筑，在金陵南京建了芥子园。这些建筑都是泽被后世的。

他的一部《闲情偶寄》，简直就是一部百科全书。林语堂在谈到《闲情偶寄》时说：“李笠翁的著作中，有一个重要部分，是专门研究生活乐趣，是中国人生活艺术的袖珍指南，从住室与庭院、室内装饰、界壁分隔到妇女梳妆、美容、烹调的艺术和美食的系列。富人穷人寻求乐趣的方法，一年四季消愁解闷的途径、性生活的节制、疾病的防治……”看看，林语堂是个读书挑剔、评价他人小气的人，面对《闲情偶寄》都不吝啬笔墨。

关于《闲情偶寄》，论述者甚多，我就不赘述了。包括李渔策划出版的《芥子园画谱》，怎样影响了中国几代人的绘画等，这里也不多说了。

很多人都知道李渔修订过《金瓶梅》，我甚至想，今天的《金瓶梅》一定有李渔的笔墨在里边。顺便说几句，《金瓶梅》的作者是个悬案，近二百年来一直有些人在做研究。有一位临沂的朋友说，他快找到了，因为“兰陵笑笑生”一定是临沂人。我觉得挺可笑的。至少他低估了这位想隐姓埋名的作者。既然不想露出真实姓名，何必要露出真实地名？所以，想证明作者是临沂人的人，正是作者要笑笑的这个傻“生”。我不知道有没有像研究《红楼梦》的“红学会”一样，有组织、有建制、有财政拨款的“金学会”。《金瓶梅》的作者究竟是谁？可以说我知道！作者就是一位写畅销书的写手，像今天网络上的化名写手一样。书稿写成，交给出版商，拿着稿费银子，转身就走。谁写的？谁写的？我只知道银子好用，我没写过书。一定要去考证是谁写的，不知道其文学意义、社会学意义以及科学意义何在？

反正我是不愿做这种无用功，真要是考证出一个是张三、李四写的，也一定会让人索然无味，甚至降低《金瓶梅》的诱惑力。

李渔是《金瓶梅》的出版商，李渔应该知道《金瓶梅》是谁写的，甚至可以猜想是李渔的朋友。但这是商业机密加朋友信誉，李渔不会说出来的，所以，李渔关于《金瓶梅》啥也不说。

还有一本书《肉蒲团》，作者是：情痴反正道人。许多人认定是李渔写的，我很怀疑，可我也拿不出不是李渔所写的证据。作为一个出版商或图书策划者，李渔是有可能会写这部《肉蒲团》的，有商机为啥不做？可是，李渔在金陵芥子园做出版商的时间并不长，而且那时他还要勤奋地策划出版物和卖闲文来维系一家老小的用度。那么，李渔是在什么时间段写的呢？离开金陵后？他的生平时间表我是看过几回的，真的没有足够证据来确认李渔在何时何地写了《肉蒲团》。

毫无疑问，《肉蒲团》和《金瓶梅》的写作动机是一样的：

换银子！我手头有一本是注有“基本书坊”出版，“情痴反正道人”著，“情死还魂社友”批评的《肉蒲团》，在第一回末尾“情死还魂社友”在点评里如是说：“这部小说，惹看极矣。吾之书成之后，普天之下，无一人不买，无一人不读。所不买、不读者，惟道学先生耳。然而，真道学先生未有不买、不读者，独有一种假道学，要以方正欺人，不敢买去读耳。抑又有说：彼虽不敢自买，未必不请人代买读之。虽不敢明读，未必不背人私读耳。”看看这段广告语，一定是出版商策划的。这个“情死还魂社友”我倒相信是李渔或李渔的朋友。

我读过三个版本的《肉蒲团》，这本是最具商业性、最丰富、最有意思的。书前有一篇序，署名“西陵如如居士”。这篇序文先从《西游记》说起：说孙悟空是扯淡的，佛也是扯淡的。于是“读此书者，犹作《西游》小说观。”这个序和第一章是呼应的。且看第一章中的一段：“做这部小说的人原具一片婆心，要为世人说法，劝人窒欲不是劝人纵欲，为人秘淫不是为人宣淫。看官们不可认错他的主意。既是要使人遏淫窒欲，为甚么不著一部道学之书维持风化，却做起风流小说来？看官有所不知。凡移风易俗之法，要因势而利导之，则其言易入。近日的人情，怕读圣经贤传，喜看稗官野史。”为了加强广告效应，还不妨把圣人也抬出来：不但作稗官野史当用此术，就是经书上的圣贤亦先有行之者。不信且看战国齐宣王时孟子对齐宣王说王政。“那宣王是声色货利中人，王政非其所好，只随口赞一句道‘善哉信乎’。孟子道：‘王如善之，则何为不行？’宣王道：‘寡人有疾，寡人好货。’孟子就把公刘好货一段去引进他。宣王又道：‘寡人有疾，寡人好色。’他说到这一句已甘心做桀纣之君，只当写人不行王政的回帖了。若把人道学先生，就要正言厉色规谏他色荒之事。从古帝王具有规箴：‘庶人好色，则亡身；大夫好色，则失位；诸侯好色，则失国；天子好色，则亡天下。’宣王若闻此言，就使口中不说，心上毕竟回复道：‘这等，寡人病入膏肓，不可救药，用先生不着了。’谁想孟子却如此反把大王好色一段风流佳话去勾住他，使他听得兴致勃然，住手不得。想太王在走马避难之时尚且带着姜女，则其生平好色一刻离不得妇人可知。如此淫荡之君，岂有不丧身亡国之理？他却有个好色之法，使一国的男子都带着妇人避难。太王与姜女行乐之时，一国的男女也在那边行乐。这便是阳春有脚天地无私的主。化了谁人不感颂他，还敢道他的不是？宣王听到此处自然心安意肯去行王政，不复再推‘寡人有疾’矣。作这部小说的人得力就在于此。但愿普天下的看官买去当经史读，不可作小说观。凡遇叫‘看官’处不是针砭之语，就是点化之言，须要留心体认。”

从这些文字看，应该是一个有学问有智慧的出版商写的。但一定是李渔吗？能不能是李渔的朋友、合伙人或李渔与某某某共同完成的呢？我没证据，我只是吃饱了撑的在瞎想。

还要说一句，李渔一生虽然不太得志，但也活得滋润。他有两个梦想：一是要生个儿子，二是有自己的戏曲“家班”。这两个梦想他都实现了。没有什么能和实现梦想的事比幸福了。

四十六

在浙江永康参观一个古村落——厚吴村。据说，春秋时期，吴国战败，为躲避灭族之祸，一个部落迁徙到浙江永康此处。

全村的人，大多姓吴。厚吴一名，就不必多言了。

没时间去考据传说的真伪，但这个村子从房屋建筑到格局排列等，是个很古老的村落，还是能感受得到的。

在一个大院落的天井门楣上，看到一幅匾额，上书“脱剑遗风”四个大字。我看了半天，感觉自己才疏学浅，不明白这四个字作何释解，为什么挂在门楣上。我问身边的诗人黑陶：语出何典？黑陶也摇摇头。我就大胆地胡说：是不是说要有儒雅之风呢？黑陶等半附和半质疑。过了一会儿，黑陶对我说：村里一位上了岁数的人说是个历史典故“季子挂剑”，就是守信用的意思。一位同行的女诗人也来对我说：这四个字出自李白一首诗中的“挂剑”二字。李白诗中有多少处出现过“挂剑”，我不知道，但我认为这四个字出自李白的诗句，可能性不大，主要是用一句诗中的两个字做门楣匾额，阐释空间未必有多大。而黑陶说的“季子挂剑”，我觉得可能性很大。

回北京后，我查了这个典故，确认那四个字就是出自“季子挂剑”的典故。这四个字是在提醒家人、族人、村里人，做人要重情义、守信用、知恩必报。

读了“季子挂剑”的故事，让我感慨良多。做一个有情有义、心地良善的人，并不是难事。

“季子挂剑”的故事不长，录在这里。

延陵季子将要到西边去访问晋国，佩带宝剑拜访了徐国国君。徐国国君观赏季子的宝剑，嘴上没有说什么，但脸色透露出想要宝剑的意思。延陵季子因为有出使上国的任务，就没有把宝剑献给徐国国君，但是他心里已经答应给他了。季子出使在晋国，总想念着回来，可是徐君却已经死在楚国。于是，季子解下宝剑送给继位的徐国国君。随从人员阻止他说：“这是吴国的宝物，不是用来做赠礼的。”延陵季子说：“我不是赠给他的。前些日子我经过这里，徐国国君观赏我的宝剑，嘴上没有说什么，但是他的脸色透露出想要这把宝剑的表情。我因为有出使上国的任务，就没有献给他。虽是这样，在我心里已经答应给他了。如今他死了，就不再把宝剑进献给他，这是欺骗我自己的良心。因为爱惜宝剑而违背自己的良心，正直的人是不会这样做的。”于是，他解下宝剑送给了继位的徐国国君。继位的徐国国君说：“先君没有留下遗命，我不敢接受宝剑。”于是，季子把宝剑挂在了徐国国君坟墓边的树上就离开了。徐国人赞美延陵季子，歌唱他说：“延陵季子兮不忘故，脱千金之剑兮带丘墓。”

四十七

突然想起《三国演义》中的两折故事。一折是“虎牢关三英战吕布”，另一折是“凤仪亭吕布戏貂蝉”。两个故事在书中的发生时间很近，却使东汉政权向两个方向发展，两折故事的发生、发展，改变了那一时期的政治格局。

“三英战吕布”是《三国演义》第五回《发矫诏诸镇应曹公　破关兵三英战吕布》中的内容。那时董卓专权，废了少帝，拥立起年仅九岁的陈留王刘协为帝，称为汉献帝。继而董卓派小吏携鸩酒，毒死了少帝及何太后。少帝在四月时嗣位，九月被废，在位只有五个月，死时十五岁。董卓晋位相国，加封为郿侯，出入僭天子仪仗；入朝不趋，赞拜不名，带剑履上殿。汉献帝像一块木头任他摆布。百官见到董卓，均须伏地迎送。董卓所做的一切，皆因身旁有一个武功盖世的吕布。吕布是如何跟随了董卓这里就不啰唆了。

在《三国演义》这部书中，各路英雄的武功坊间有个排行，是如下列序：一吕二赵三典韦，四关五马六张飞。吕布如何能排第一，就是用刘关张这三个“英”来衬托的。那日在虎牢关前，虽是吕布先撤了，但吕布已经打了几场恶仗，杀了几员战将了，刘关张是以逸待劳。那时的刘备不过是个小小的平原县令，关张二人更只是刘备帐下的“弓手”，这“弓手”可能连个排长都算不上。刘关张三人那时是无名小辈，唯一让大家眼睛一亮的是关云长曾“温酒斩华雄”。大将华雄如何让关云长轻易地斩了？因为华雄根本不知道这个长着几缕长胡须、红着脸、拎着大刀的人是干吗的，古人干什么都很讲究，即使是杀人，也要“刀下不死无名之鬼”，就是死也要“门当户对”。所以，华雄看到这个红脸汉子奔自己来了，就问：来者何人？可能华雄这“人”字的声音还没完全说完，关云长已经手起刀落把华雄斩于马下了。如果关云长等华雄问完，再回答：我是刘备帐下的马弓手关云长。可能华雄就不会出枪和关云长打，因为不门当户对。看来，无名之辈想闯出名声，就得在名将轻视自己或刻板地按规则行事时，突然出手。好了，咱不说笨蛋华雄。

《三国演义》是以刘备这一支力量为主线的，“刘备者，世之枭雄也。”刘备的野心是要“匡扶汉室”，继而当皇上一统天下，刘备敢有这样的野心是因为他姓刘，加之身边有关云长和张飞，而吕布仅是一介乡野武夫，谁给好吃好喝好玩儿的就听谁的。那时，吕布只听董卓的话，让我打谁就打谁，没有任何野心，只有一技之长，武功好。没有政治野心，在战场上就会把武功释放得彻底。有政治野心的人，在面对生与死的问题上，一定会有所保留。政治家处理一切事物，往往都是以“我不死”为前提。

“三英战吕布”其实是吕布大胜，于是吕布武功第一。关张二人也有一技之长，武功也很好，但面对吕布就技不如也。

吕布用盖世武功帮助董卓在东汉的朝廷专权。其实，董卓也没什么政治野心，整个一个流氓无产者和暴发户的形象，有钱有权了就骄奢淫逸，无章无典，把每天都当作末日。有政治野心的人都懂得韬光养晦，不事张扬，除非为了排除异己，决不滥杀无辜。董卓政治生涯的短命，是他自己作的。他犯众怒了，满朝文武没几个和他真贴心的。于是，王允等才看到了机会。当然，首先是看到了董卓的短板——好色。而吕布也是好色之徒，这样用女色设“连环计”才得以成功。

只是苦了貂蝉。

中国古代有四大美女：沉鱼、落雁、闭月、羞花。这“闭月”就是貂蝉。

王允等人欲除董卓，因忌惮吕布不得近身才想出这招美人连环计来。用这一招美人计，除掉了董卓，汉朝并未因此而获得什么生机，反而是越来越乱，直至消亡。不过，貂蝉却因此而获得“四大美女”之一的美誉。当然了，一个娇小的女子，勇敢地牺牲自己，去为政治献身，她不美谁美？

四大美女之所以美，盖皆与政治有关。不过，政治塑造的美，是凄美。

貂蝉是王允的丫鬟，艺妓，为设美人计才做了王允的义女。我不仅佩服貂蝉的胆量，还佩服貂蝉的演技。在董卓与吕布之间演得逼真才会让两个蠢蛋刀枪相向。看一段文字，究竟是吕布戏貂蝉，还是貂蝉戏吕布。

“吕布听了王允的话，又回去探问。正巧董卓入朝不在，他步入凤仪亭，正与貂蝉相遇。貂蝉见了吕布，便泪流颐下，哽咽不止；吕布看她泪容满面，好似带雨梨花，怒气早已化为乌有，便替她拭泪。貂蝉且泣且语：‘将军别污了手，妾身已为太师所占，只望可见君一面，死也甘心。今幸如妾愿，从此与君永诀！妾为王司徒义女，侍君箕帚，生平无憾，不意堕入诈谋，被人强占，此身已污，不能再事将军，罢了！罢了！’说着竟撩起衣裾向荷花池内跳。吕布忙抢前一步，抱住纤腰，曲意温存；

貂蝉若迎若拒，顺势依偎在吕布怀里，吕布遂决然道：‘空为一世英雄，却不能庇一女子，生又何趣？此生不娶貂蝉，布誓不为人！’”

很多女人是改变历史进程的枭雄！孔子说：唯女子与小人难养也。是不是孔老人家也被设计过？我不得而知矣。

美人计，只对得意忘形、忘乎所以的蠢蛋有效。历史上中美人计者，大多是自以为是的狂妄之徒。

好像有一个约定俗成的说法，男人都好色。我觉得男人在好色时，都是在好女人美好的一面，而忽略了女人卑鄙阴狠的一面，所以美人才能用来设计。再说，如果没有貂蝉等美女以色来魅惑男人，男人如何就能“好色”？女人们常说：男人没一个好东西。我也常说：没有女人配合，男人跟谁坏去。

说《三国演义》，咋扯到男人女人这个事上了！《三国演义》中的女人出场机会不多，但每一个女人的出场，都对故事的发展起到了决定性的作用。

世界上只有两种人：男人、女人，只有两类人：善人、恶人。男人与女人互变的少，善人与恶人互变的多。善恶互变时，一定有政治目的和经济利益。

四十八

和几个诗友聊当下的诗歌，也谈了一阵子对诗歌好坏的判断标准问题。诗歌有判断标准吗？有。但不会像法律条文那样可以一条一款地对号入座，也绝不会像在实验室里用试管和试剂来分析诗中各种元素的含量。那么好诗的标准是什么？对一个读者而言，就是你感觉它好，就是好；对编辑而言，就是觉得适合本刊的诗，就是好。但不是微信群里许多人点了赞、都说好的诗，就一定是好诗。主要是看这“许多人”都是谁。

我和姚明站在一起，我看不到他头顶的任何状况，因为我实在是没他长得高。知识、学养也同样是有高低的，而知识、学养是判断力的基础。学养高的人，（我说的是有真才实学，而不是学历高）再有一定的实践经验，其判断力是可信的。当然，创作诗歌多年，尤其是获得了一定成就的诗人，（好诗人或取得一定成就的诗人，都是理论修养与实践能力并行的）同样，其判断力也是可信的。

顺便说一句：小学生真的看不懂高等函数是啥玩意儿。

那天，我说了几句关于当下短诗的问题，纯粹是个人看法，朋友接不接受，我也不在意，只顾一吐为快。

一首短诗未必要制作得精美，但一定要外延有力，内涵饱满，一定要有很大的可阐释空间和很强的精神向往，一定是可以看到猎豹整体的一块斑点。

短诗也可以把生活中的一个现场事件拉入诗行，但在表现上要比事件本身更具现实意义和对未来的提示意义。否则，就是速写。

短诗在具体的叙事中，要能形成抽象思维，产生形而上的力量。一提到短诗，我们就会想起卞之琳的《断章》。《断章》的魅力就在于诗歌拉开的空间里，可以装下每个读者的体悟和经验。而且，全诗是在读者无法察觉的瞬间里适可而止，不着一字闲笔。

九月份，几个诗人去四川采风，闲谈中，荣荣向我推荐马行的一首短诗，我读了，确实不错，只三行，题目叫《大风》：

塔里木，大风分两路
一路吹我

另一路跃过轮台，吹天下黄沙

这首短诗，风与我与天下与黄沙结合得很紧密，又留下了很大的供想象的空间，能装下任何读懂这首诗的情绪，可以有横有纵，有历史有当下。当然也有问题，“塔里木”和“轮台”在这首诗里，没能释放出能量。

写短诗，需要大能量。与生产核武器差不多。

四十九

前些日子，率一个小型的诗人采风团到苏州高新区科技城采风。这次采风，具有临时性，虽然苏州高新区早已给《诗刊》发来邀请，但总也挤不出时间，所以就一直没安排。终于在8月底有了几天时间，就决定组团去苏州。我带队，李琦因女儿结婚，此时恰好也在北京，刘立云目前在《诗刊》帮助工作，荣荣离苏州较近，娜夜那时在烟台，正欲去上海，还有两位诗人是阎安和田禾。我一定要让阎安和田禾来参加这次苏州的采风，因为许多人给我打电话或发短信问：阎安、田禾是不是抓起来了？双规了？

我给阎安、田禾分别打电话说，你出来参加一下《诗刊》的采风团。他们都说好。慕白作为采风团的工作人员随行。

阎安、田禾这二位诗人怎么了？我不想多说，只想说他们都是好诗人。网上的传闻或刻意的贬损，都是不道德的。

诗人也是吃五谷杂粮的，诗人也会患上人类的常见病。

苏州科技城是当下高科技研发比较集中的地方，有很多让我们目瞪口呆的事物，比如，振动可以把航母送下水，把火箭送上天；比如，声音定向传递和消音；比如，云数据、全媒体、医疗器械等等。而让我们感兴趣的恰是那些加入了科技含量的传统工艺和离我们生活很近的事物。比如，苏绣、手机游戏、新配方牙膏等等。再比如，范蠡携西施下太湖泛舟的渡口……

苏州高新区和古老的苏州城在自然环境上是有区别的，苏州城建得像一个工艺品，精致、典雅，但却是人造的，而高新区全是真山真水。

姑苏城就在高新区，寒山寺也在。我们只是在沙盘上往那里多看了两眼。

采风是有写作任务的，写什么？高科技实在不懂，不懂的事物，好诗人是不会写的。

我写什么？写一个“躲”字。人的一生都在躲，躲开、躲入，再躲入、躲开地反复着一个“躲”字，最后，人们才殊途同归地躲到再也不用躲的地方去。那时，不躲了也就不争了。

拙诗如下：

躲

我从北京到苏州高新区
想躲开地面上无序的拥堵
躲开一秒钟要唱完十个音阶的节奏

我躲到那些看不懂听不明白的高科技里
躲到苏绣的影子里
躲到范蠡携西施舟桨拨动的水声里

一生想要躲开的事物很多
很多时候，躲仅仅是愿望
活过半生才明白

那些躲不掉的事物
就是我命里需要的

在苏州科技城
躲不开医疗器械、全媒体、云数据、太阳能
躲不开强振动和消音
甚至躲不开手机游戏和新配方的牙膏

真想躲到苏绣里
让一缕愁绪花儿一样盛开
或躲到太湖边的风里
随范蠡和西施的小舟远去

唉！我是吃五谷杂粮的
躲不开灯红酒绿斑马线
躲不开每月要看一次的工资条

从苏州到北京
仅仅是躲开了苏州的地理位置
科技城的许多信息
全被绣娘一针一针
扎进心底

五十

写诗近三十年，编诗近二十年，如果现在让我必须选择一项，我会毫不犹豫地选择编诗。

当一个编辑发现一组好稿子时，那种快乐比童年时过年看到桌上有好吃的还要强烈，完全可以得意忘形，而且会一生铭记。面对一摞诗稿，像面对一个个陌生的世界。一首好诗读下来，好像正与朋友半醺而谈。即使有些不是很好的稿子，读下来也会让我感受到一些人间的冷暖善恶。

每天读好诗，就是每天在接受真诚与善良的教育。

好诗读多了，编发多了，对自己的创作也形成了压力。常常对自己说：一定要写得比自己毙掉的那些稿子好。因由这个自律，一段时间里竟羞于动笔。后来，自己慢慢体会到，赏花和种花完全是从两个不同的地方发力。于是，我又开始写，虽然写得不多，却对自己的作品要求苛刻了许多。但我在种花的时候，尤其是面对自己种的花，还是无法完全回到我赏花的状态上。（看来孤芳自赏是通病）相反，在赏花的时候却常常想到自己是怎样种的花。好在我是常赏而不常种，不至于让自己常常处于暗自神伤的境地。也好，从我写诗那天起，就没想过要用写诗来追名逐利。我一直把写诗当记日记，求真而不苛求精彩。

工艺精良的假花可以骗过一般人的肉眼，绝对骗不了蜜蜂。编辑就应该是那个可以甄别真假花的蜜蜂。

近些年我对写诗下了一些工夫，也是编辑这个身份的压力所致。我很爱编辑这个职业，爱我们那本杂志，我生怕作品的拙劣会丢我们那个集体的脸。可是，“诗有别才”，写诗肯定不会像种花那样，有好种子，合适的土地，充足的阳光、雨水，适当的养料再加一点经验，就能种出好花来那样容易。（我丝毫没有低估种花的技术含量，此处只是借来一比）所以写出来的诗歌，自己没看出多好，也感觉不到多坏。

我一向认为诗歌不是去寻找读者，而是去寻找知音。可是，作为文学杂志的编辑又必须争得读者。所以，我在写诗的时候就可以率性而为；在编诗的时候既要考虑诗人的号召力，又要看作品的艺术质量，还要顾及读者群。诗人是我们的上帝，读者更是。我宁愿一万个人说我写的诗不好，不愿意有一个人说我们杂志编发的诗不好。就像我自己的孩子长得丑俊，不会影响整个中国人的面貌一样。

我编诗很自信，写诗也不自卑。面对一些诗稿，我会编出我们杂志需要的好诗。当然，我们没法要求听惯了美声唱法的人一定要他说通俗歌好听，就像不能要求爱吃粤菜的人去赞美川菜。我写诗时不会考虑美声、通俗，粤菜、川菜，只想表现真我。我写诗时，会想到观念、对象，感性存在和形象。

我常常会把我们杂志编发的诗与其他杂志编发的诗对照，总结得失；而我写的作品从来没去和任何人的任何一首作品比较。读到好诗我会悉心学习，汲取我所需的营养，读到不好的诗我也不会嗤之以鼻。每首诗都是诗人的劳动，对劳动的尊重是每个人应有的品德。

编辑不可能没有作家朋友，但一个好编辑的作家朋友基本都是出色的作家，所以有人说编辑只编发朋友的稿子，这种论断基本是盲人摸象。我的经验恰恰告诉我，越是好朋友的稿子要求越严格。我每每把我的稿子给一些杂志的编辑朋友时，都要说上一句："可用便用；不好，弃之便是。"至少也要附上一句："画眉深浅入时无。"

编辑有编辑的操守，与推杯换盏时的哥们儿间交流不能等同。没见过哪个编辑拿自己的职业、声誉当鼻涕乱甩。

我是编辑时，只看稿子，不看"英雄出处"。我写诗时，不会考虑这首诗给哪个编辑。我也写过"命题作文"，但我基本不把"命题作文"当作自己的作品。

编诗和写诗同样有苦乐，我希望编诗多一些乐，写诗多一些苦。“苦其心志”时，方能“乐在其中”。

五十一

（一）

6月2日下午，从北京乘飞机飞往山西吕梁，而我此行的目的地是陕西省吴堡县。世界上民用机场最多的国家，一定是中国。尽管中国的民用机场多，也挡不住幅员辽阔这个事实。去陕西吴堡要飞山西吕梁，就像去安徽马鞍山要飞江苏南京，去甘肃陇南要飞四川广元，等等如此的走法一样。

走出吕梁飞机场，凉爽的风扑面而来。我深深地吞吐了几口气，为了彻底地换换体内的气和好好洗洗肺。我使劲拍了拍脑袋：多久没有这么顺畅地呼吸了！

对吕梁这个地方我是陌生的。上中学的时候读过一本小说《吕梁英雄传》，是马烽、西戎合著的。当时读了很多抗日战争的小说，读得很过瘾。就是那个时期让我对文学有了兴趣，读小说成瘾。

现在我走在吕梁的公路上，不断地往路两边看，不断地回忆《吕梁英雄传》的内容。吕梁是陌生的，《吕梁英雄传》的情节、人物同样也陌生了。来机场接我们的吴堡县宣传部长李光泽告诉我们：过了前面的大桥就到我们吴堡了。这座大桥是在两座山顶架起来的，桥下是黄河大峡谷，桥面与黄河水面估计有500米的垂直高度。过了桥，很快就到了我们住的宾馆——同源堂客栈。

下了车，拿房卡，我是住五楼，可我抬头一看，没有楼层可上。服务员说，您要往下走，这是七楼。走下去我才明白，这是依山而建的楼，刚才我们是到了山顶，也是这座楼的顶层。还第一次见到从上往下走的宾馆。陕西十八怪里有一怪就是：房子半边盖。所谓的房间，就是窑洞。这种窑洞前些年我在延安干部学院学习时，去南泥湾住过，只不过这里的窑洞要比南泥湾的好些，更像宾馆些。

晚饭后几位新朋老友在我房间里喝茶聊天，聊着聊着，外边就下雨了。屋里竟有些冷。在北京快被热憋闷出病的我，此时真是身心痛快！

朋友们走了，我也走出房门，在院子里站着，让雨落在我的身上。人有时在空旷的天地之间站一会儿，不是要想点什么，而是让自己也空旷一会儿。雨渐大，我回房。拿出手机按下这几行字：

雨从天上落到我身上
雨点只是把自身的重量给了我
我却误解成
已经接收了青天的力量

接着抽了一支烟，一夜无话，酣睡。

（二）

早饭罢，去这里的一个古迹：石头城。

接待我们的地方领导告诉我们：据考证，这石头城是宋代建的。这是一座用于防守的城堡。我在这座古城堡里走了一大圈，觉得不太像宋代的，因为都是明代清代的遗迹。当然也可能是明代翻修时，彻底去宋代化了。这座古城里有一座庙，很好玩，我第一次见到这种庙。叫“衙神庙”。里面供奉的是萧何和曹参。庙里的壁画都已脱落得辨不清内容了，只有萧何与曹参的肖像还可看清。这座修在山顶上的古城堡明显是为了避难、防御外敌入侵而建，为什么有这样一座庙？难道修这座城堡的人曾经是个官员？希望避过一时之乱，让萧何、曹参保佑他再入朝就职？这样的人，我不相信他当官是为了安邦治国，而是为了过足官瘾。和“瘾”字沾边的事，没有多少是好事。比如：烟瘾、酒瘾、毒瘾、赌瘾，也包括官瘾。

这座“衙神庙”里供奉着萧何，萧何是真心要荐举韩信也是真心要杀韩信之人，难道供奉萧何时竟忘了“成也萧何败萧何”？

我站在古城堡的城墙上，嗨，其实就是山顶上。我看着峡谷里流淌的黄河，不禁有些酸酸的感慨：人和流动的水一样，有健忘症。但是水不会有幻觉，而人有。尤其是想当大官、当大师的人。

从古城堡回到宾馆吃午饭，下午去了柳青文学馆。

柳青是一位值得尊重的作家，他的《创业史》是一段历史变革期的真实写照。柳青是个“知行合一”的作家，也是“与时偕行”的作家。我年轻时，也做过写小说的梦，后因生活经历不足，体力也不够好，就改写多动心力少用体力的诗歌了。

这个“柳青文学馆”是新建的，里面仅有一些图片和一些各界名流题写的字画等。我被拉到画案前，要代表采风团为“柳青文学馆”题字，是任务，就无法推脱。我略想了一下，写道：知民风者惠，谈国事者史。作家心有人间气，方能大器传世。

回宾馆的路上，一朋友问我：你那几句话真好，是早想好了，专为柳青文学馆准备的吧。我说：还真是现琢磨的词儿。

也不是专为柳青文学馆准备的，我觉得作家不如此，最多是草木一秋。

晚饭后，依然喝茶聊天，依然伴着雨声入睡。

睡至后半夜，醒了。雨停了，月光透过窗户洒在我的枕畔。我穿衣走出房门，站在院子里。抬起头，看到月亮像一块透亮的冰，发出清幽的光。我想起庄子先生的“乘物以游心”。可是，月亮虽是好物，我心能“游”哪去呢？老子先生说：心为身囚。我是身为心囚啊。想着想着，又开始吐酸水，随口道：都说月光如水，我站在月亮下，最渴。

随即回房间，上床，准备接着睡。可是那轮月亮竟在我的脑袋里挥之不去。唉，月亮其实是个大土坑，看久了，就把自己给活埋了。

迷迷糊糊，古城堡、黄河、柳青、月亮，在脑袋里轮番走了几遍，天就亮了。

（三）

我们到了吴堡县岔上乡川口村渡口。这里是1948年3月23日毛泽东率中央纵队东渡黄河的地方。现在这里矗立着一块高大的纪念碑。我们全体和这座纪念碑合了影。

毛泽东东渡黄河的故事，尽人皆知，这里就不说了。今天我们也要在这里东渡一次。

从纪念碑到渡口，有不到两公里的路，我们没走公路，一直在沿着河滩上走。这一段黄河很平静，水面像微微抖动的一片发黄的棉布。舒缓且散发着温暖。大家和黄河合影，和对岸的山西合影。我和阎安、霍俊明三个人站在黄河边的一块大石头上，摆出一个半圆的队形，戴着墨镜，挺胸叠肚、仰面昂头地照了一张相。我把照片用微信发给一位朋友，本以为会被说成是黄河三霸、三土匪之类好玩儿的什么，可朋友却说：咋看也不像艄公，像偷鱼的。哼！难道黄河边上只能有艄公和偷鱼的？就不能有装扮成土匪的诗人？有时，无厘头地闹一下，也是一种情绪的释放。

面对黄河，想疯一下，玩一会儿。我和霍俊明站在河边捡起一些小石子，往河里扔。当晚，我还写了一首诗。现录在此处。

扔

这一段黄河很平静
像一片发黄的床单
仅有轻微的抖动

我和霍俊明在河滩
捡起小石头往河里扔
很小的一阵风
就把石头落进水里的声音拂去
我们不是比谁扔得远
不是让床单抖得激烈一些
只想模仿一下
我们各自的少年

东渡黄河。河对岸是山西省临县碛口镇高家坪村。这是一个古镇，是宋代以来的水陆码头。当年的繁华我们看不见了，今天的繁荣却在眼前。街道、房屋大部分还是清代或民国时期留下来的，店铺林立。我突然就有要买点儿什么的冲动。一个街边的地摊，摆放着各种小东西，我看到了一种烟嘴，用花椒木做的，表面全是刺，外形也不规矩，且粗糙，觉得很像我这个人，就拿起了一个，问：多少钱？卖货的大姐说：十元。从那时起，这个烟嘴我一直在用。

一行人来到一个方形的小广场，据说这儿是当年贩运货物的商旅们栓骆驼的地方，我们看到一个牌子上有四个字：骆驼圐圙。这后面的两个字，把我们难住了。我立即拍照，发照片给我们《诗刊》的编辑隋伦。隋伦是个文字专家，我就没见过有他不认识的字。果然，很快他就回复我：蒙古语“库伦”的旧译，读作 ku lüe，意思是围起来的草场，或用于村镇的名字。我叹服了。我年轻的时候，心高气盛，常说：不管谁，可以用官职欺负我，可以用年龄欺负我，不允许用文学知识欺负我。后来才知道，我不过是个井底之蛙。文学知识的海洋浩瀚无边，就凭我的那点儿学习能力，怎么可能不被欺负！眼前我就认输了。

渡河，回陕西吴堡。晚饭后，沿黄河边转了一会儿，看了当地老百姓自发的跳秧歌。她们跳秧歌和北京城里的广场舞是一个性质。回房间后，阎安说：当地有几个朋友想见你，咱到下边喝茶去吧。我说：好吧。其实我知道，说是喝茶，坐下来就上酒。酒这个东西，真是喝多了伤身，不喝伤心。中医的理论是：喝一两是酒，喝二两是药，喝三两是毒。这些年我喝的全是毒！我的理论是：想喝酒，是还想好好活着。为此我还写过一首小诗：

我每每喝酒都要尽兴
会觉得整个世界的人都需要醉
我不是酗酒的人
我只是想找到一壶好酒

今晚还好，喝至微醺，各自回房间。

（四）

去参观柳青故居。柳青原名刘蕴华。柳青故居，位于吴堡县城以北40公里的寺沟村。

他的故居已经破旧不堪，周边也没有刻意整理的痕迹。这是真正的故居。许多名人的故居，已经被当地政府和旅游部门装修成花园了，不好看，主要是不敢相信。名人的故居应该保持原貌，注意时常维修就好。在柳青故居的不远处，还保留下一个当年的私塾学堂。私塾学堂由两口窑洞组成，也是荒芜得不堪。我们扒着门窗往窑洞里看了看，在窑洞门口还分别照了相。柳青在这个私塾读了三年，后来又到寺沟村学校读了六年，这是柳青的全部学历。我问霍俊明：大作家有多少是博士毕业？他知道我是在调侃他，就说：不知道！

高学历和作家之间究竟是相辅相成，还是毫无关系，抑或是互相抵消？这个问题不知道有没有人研究过。我总觉得在课堂上坐得太久了，脑袋都被课本知识灌满了，会使思维形成固化模式，在社会生活与写作实践中会带来僵滞和“本本主义”。我不是要批评高学历，是我见到的搞文学的博士们，至少有一半是不懂装懂的。当然了，我说这话好像我在吃酸葡萄。

晚上，我写了一首诗。

私塾

两孔窑洞已残破不堪
因为曾经是私塾
因为柳青曾在这里读书
我们才有兴趣看

我注目窑洞许久
好像窑洞里还有先生在讲课
好像柳青还在做学生

野草茂盛
蚊虫蜂拥
我身旁有一位名校毕业的博士
现在也是一位作家
他往窑洞里使劲看
比我还认真

下午，在吴堡县政府的会议室开了一个关于柳青及柳青精神的座谈会。当地来了几位研究柳青的专家和十几位文学作者。开始时，大家都按部就班地讲自己的观感与认识，轮到一位当地的研究柳青的专家发言时，竟讲了一个多小时。大家有点坐不住了。这个期间我出去抽烟、抽烟、抽烟，抽了三次。有些人真的是“麦霸”，不管讲得是否符合会情，也不管与会听众的感受，只管自己说完痛快。每次遇到这种情况，不管是什么会，我都有强烈的抽烟、抽烟、抽烟的欲望。

晚饭后，我和霍俊明被阎安拉着去给这家“同源堂客栈”写字。我说：这是让我们交房费饭费呗！大家哈哈一笑。

（五）

一大早，吃过饭就到一个村里去参观挂面厂。这里因被《舌尖上的中国第二季》采访报道过，也就是上过中央电视台而闻名。

所谓挂面厂，其实都是家庭作坊。或者叫以各家各户为生产车间的村属挂面生产合作社。我们看了几家，了解了挂面生产的各个工艺流程。有几位女作家还洗了手跟着操作了一道工序。这种实践让几位女作家很快乐。对她们来说，过去都是对挂面动口，这次是动手。中午就在这个村里吃挂面，真是好吃！当然那一桌子的农家菜也真是好吃。

一向不苟言笑的我们，面对一桌子农家菜和煮好的挂面，都默默不语埋头苦干。风卷碗盘后，都抚摸着自己的肚子，哎呀妈呀，要爆炸了！

后来我为这里的挂面写了一首诗：

在吴堡看挂面生产

终于明白了
这么好吃的挂面
和一场恋爱有关

一袋麦子磨成的白面
先在水里糊涂地翻搅
在木头上捶打
用手揉搓
在心里纠缠
再一条一条地理清楚

每一根面条
都能是一条棍子
敲打我的眼睛
最后每一根都献出柔词软语
绕指绕心绕每一根神经

耐沸水煮
忍得住冰点下冷藏
折腾得不想再折腾了
才开始喂养生命

下午我们直接去吕梁机场，返回北京。

这次是因柳青而到陕西吴堡，因吴堡而看到一段不同于其它地方的黄河，因黄河而到山西碛口古镇，而吃挂面。最重要的是我得了一根烟嘴，虽然相貌丑陋，我却一直爱不释手。

随笔

瞬　间

一

我写下“瞬间”这两个字时，就不由自主地摸了摸鬓角正在蓬勃的白发。十年前，有那么几天发生了几件事，石头一样揣在我心里，并时时加重，以至于坠痛我的记忆。

前不久，我遇到老朋友、老邻居、音乐人齐先生，我俩在一家咖啡厅里对坐，因是老友，没有寒暄，互问了几句现状，他便沉默。沉默是个黑屋子，是隐私。我不想也不会破坏他锁住的情绪。我知道，这十年来，他一直用沉默来征服痛苦。临别时，他突然问我：最近去云南了吗？我愣了一下，说：去过。但没见过老熟人。他呵了一声就转身与我告别。就在他欲转身时，我仔细地看了看他的脸：肌肉松弛、肤色暗淡。我几乎看到了十年前泪水从他眼角到下颚走过的部位已凹下去两条渠沟。

我看着他远去，不免一声长叹：唉，有些事情经历了一次，就在心灵里留下了皱褶，想要熨平这个皱褶，恐怕毕其一生也难完成。

我的感慨不仅为他，还为我自己。

我把自己送回十年前的那几天里。我一直偏执地认为，现实中真实的事件就是时代的真相。

二

临近五一，北方的天气开始回暖，人们把棉衣、毛衣等重型装备都收起来，身着单衫短袖走在街上，像脱了木枷、卸了铠甲一样，伸展着腰身。

五一刚过，一场冷雨就凄迷地下了一夜。早晨，我拉着旅行箱出门，冷风裹着细雨迎面抽来，我抱紧身体打了一个大冷战。我嘟囔道：刚暖和的天，一场雨就倒退一个月。不过，好在我出差是去云南，那里四季如春。出门没走几步，我相邻楼门的好朋友齐先生和他的女朋友，也就是画家小瓦挎着胳膊走来。我调侃地说：你们真是沐浴春雨呀。齐说：“你去哪儿?”我：“云南丽江。”小瓦一听说我去丽江，立刻孩子般地蹦起来说：“太好了，我让我的一个好朋友去找你，你帮我把一样东西带回来。”我说：“没问题。”说罢，我钻进出租车去了机场。

飞机在小雨中升空。我闭着眼睛想齐先生和小瓦刚才在雨里行走、说笑的情形。他们不知风冷不知雨凉，尤其是小瓦的笑声，像一个空瓶子掉进水里后发出的清脆、单纯的声音。我很羡慕他们，也为他们祝福。

飞机抖了几抖就平稳了，我睁开眼睛往窗外一看，立即又闭上，眨了几眨才睁开。窗外是雪亮的晴空。雪亮的太阳、雪亮的云、雪亮的一望无际。仅几分钟，我就从阴雨走进绚烂。这万米高空的景象是真是假？凄风冷雨只在人间有吗？

我在昆明直接转机到了丽江，住在古城宾馆。

行走在那些古民居之间，宛若回到了史上的某个朝代。甚至走着走着，就开始为自己设计在某个朝代的场景与故事。才子佳人，吟诗作对，推杯行令。转瞬，又暗笑自己天真的书生气。

天大黑了，丽江也飘起了霏霏细雨，因没有风，这种雨不冷，且暖。应酬完我的公事，小瓦的朋友就来找我，我们约在宾馆大堂的茶吧见。

她姓崔。小崔把一包需带给小瓦的东西给我，然后就问我：小瓦生活得怎样？我说：挺好的，两个人像青春期的少男少女一样，整天嬉笑着缠绵。小崔说：唉，但愿她幸福。接着，小崔向我简略地介绍了小瓦。大抵是说小瓦很善良，也很任性，不理性，不听劝等。言语之中仍然透着对小瓦的担心。我知道她是对小瓦和齐先生的一见钟情担心。我笑着说："一见钟情才能让情感完全燃烧。情感在狂野的状态下，别人看着是危险的动作，而他们正进行着正确的物理化学反应。像米和水，在加热的过程中都失去了原来的自己，而一起变成了香喷喷的饭。"接着我们又聊了好一会儿，我像个情感专家般地向小崔炫耀着。小崔由浅浅地笑到深沉地听。近深夜，小崔起身回家，并说明天来请我喝茶。

一夜无话。

早晨，雨还在下，我被安排去登玉龙雪山。我心想，雨中登山一定是无趣的，一边防雨，一边看路，哪还有心思观山景。缆车在雨中向山上攀升，升着升着，雨突然变成了雪。雪，一片一片地扑打在我的脸上身上，这瞬间的变化让我猝不及防。我兴高采烈地伸出手，试图抓住一片雪花。然而一路上，始终没有一片雪花落入我的手中。是呀，雪落在玉龙雪山上是雪，落入我手中一定是泥。

三

晚饭后，小崔如约而来：“我们出去走走吧。”我答：“好。”

我们走在有一点坡度的小路上，没有路灯，路两边房屋里的灯光把小路一段一段地照亮。小崔说：“这条路叫情人街。”我四下里看了看，没觉得这条路与“情人”有什么关系。小崔看出了我的疑惑，说：“你看路两边大多是像四合院一样的房子，这些房子都是小旅馆，在这里住宿只要钱，身份证、结婚证一概不要。”我由是领悟“情人街”的由来。我们走进一家四合院似的小旅馆，院里有几张小桌子，桌前都是一对一对的人在喝酒吃烤肉串。小崔说：“小瓦和齐先生就是在这家旅馆开始的。一顿酒就把两人喝到一张床上去了，然后，小瓦就铁了心地要和齐先生到北京去。小瓦的家人、朋友还有我都反对，我们知道齐先生离过婚，还有个八岁的儿子。再说，这一夜定终身也太儿戏了。”我说：“真情只能有一次，其余都是重复。他们能在瞬间里完成真情相对，是有理由终身相守的；再说，齐先生是个重情重义的好人，他离婚是另有原因。我和他是好朋友又是邻居，我了解。”

小崔不言语，深深地看看我，走出那家小旅馆。

我们来到“洋人街”的一家小酒吧，一瓶葡萄酒，两盘小菜，对坐而酌。小崔：“你看过小瓦画的一幅画吗？”我：“什么画？”“齐先生回京时，与小瓦相约十天后在北京重聚，小瓦用这十天画了一幅画，有点儿‘后现代’，我觉得有点儿惊世骇俗。”说着，她脸上悄悄地露出一丝羞涩，虽然，这丝羞涩一闪而过，却还是被我捕捉到了。

小崔在一家广播电台工作，记者、编辑、主持一肩挑。她喜欢文学，面对我这样一个作家、编辑，她最初是想在我的话语里找到错误与我对抗，后来在我连吹带炫的宏论面前就变成乖乖的小学生了。

她突然说：“我们再去喝点啤酒吧。”我说：“去哪儿?”

“情人街呀。”她深看我一眼，脸上掠过一层微笑，低着头就往外走。她的这层微笑已把她真实的心迹传达给我。女人的微笑，抬着头时是关得很紧的大门，让人找不到窥视她心灵的缝隙；低着头时就是把心迹写在脸上。

我们又来到齐先生和小瓦一夜定终身的那家小旅馆。到了门口，我说：“你想成为第二个小瓦?”

“你是齐先生吗?”

“我不是。”

她看着我：“你有勇气进去吗?”

我看着她：“我不希望你到北京来找我，我有家室。”

我们对视。我们站定不动，空气不动，时间不动。

我们几乎是同时转身往回走，几乎同时用理性的精神抑制了肉体。

一路无话。到宾馆门口，她说：“我们小地方的女孩太容易被你们北京人俘虏了。你比齐先生理性，但没齐先生可爱。”说完就迅急地离去。

四

我回到北京，天气晴朗。走到我家楼门前，突然看到齐先生的前妻小谢拎着菜往齐先生家走，走到我近前时，我有些语吃：“你……”“啊，我昨晚回来的，是孩子把我接回来的。”

小谢与齐先生两年前离婚。直接原因是齐先生的母亲患肝癌，到北京手术需要一大笔钱，小谢坚持要齐先生的妹妹拿一半，齐先生不肯，便大打出手，最后离婚。一年前，齐先生的母亲过世。三个月前，小瓦来到齐先生家。

齐先生的儿子一直不欢迎小瓦来他们家，时常恶作剧。比如将一把图钉扔到齐先生和小瓦睡觉的床上；往茶壶里倒酱油；故意尿床等等。前天，就是我去丽江的那天晚上，齐先生出去应酬一个饭局，小瓦给孩子做饭，在煮菜的锅里捞出了电视遥控器。小孩子掐着腰威风凛凛地站在厨房门口说：“你再不滚蛋，我就往锅里扔毒药。”原来，小谢常和孩子说，小瓦阿姨还要给你生弟弟妹妹，那时，你爸爸也不是你的了。

“我要我妈回来!”孩子坚定地党同伐异。坚定地拒绝后妈以及后妈可能带来的弟弟妹妹。

吃过晚饭，我想找齐先生聊聊，看看他的状况。他不在家。我在街边一家小酒馆找到他。我站在他背后看他，他低下头是个休止符，举杯喝酒就是个换气符号。这个音乐人，此时的心里是《命运》还是《国际歌》？我坐下来陪着他喝起来。静默，只有碰杯声，没有话语。

突然，他问我：“你喝酒为了什么？”我不假思索：“一醉解千愁啊。”他凄然一笑，说：“别人喝酒是为了醉，我喝酒是为了醒。”

我心里一震。我们都生活在人间，人间生活对感情生活的要求就是贴近具体的实际消灭可能的理想。我们的现实生活是有“法”的，这个“法”可能是传统审美的定式，可能是约定俗成，可能是长辈、长官甚至是孩子的意志。其实，这个“法”只有一个任务，就是围剿“有情”，限制情感的自由。有胆敢以“情”抗“法”者，必遭包括口诛笔伐在内的一百八十般兵器的凌迟。

我看着齐先生孤寂地喝酒。孤寂是私密的，我无法分享。齐先生心里有结，喝酒是为了想想这个结，醉了是为这个结，醒了也是为这个结。有的结，想想就打开了，有的结，越想结得越死。

我叫服务员拿来纸和笔，写下了前人的一句话："你可以自由地祈祷，但是……只能让上帝独自听到。"我把纸条放在桌上便默默走开。

我走出小酒馆就看到路对面一棵树下蹲着的小瓦。我走过去，说在丽江看到了小崔，并把东西给你带回来了。她像没听见我说的话，眼睛直勾勾地盯着对面的小酒馆，然后转向我带着哭腔说："商大哥，我和齐是真心相爱，我们在一起真是那种可以互相溶化的感觉。我们曾发誓，即使走在刀刃上，也要手挽手相爱到死。可是，面对孩子，我们都软弱得不如一块豆腐。"

小瓦走了，好像领悟了生活的真谛。我再也没听到过她的消息，从丽江给她带回的东西至今没被打开包装。

一个怀揣青春的女子，她心中的爱情是真挚与浪漫的，但她不懂得具体的生活是与浪漫相敌对的。我相信，每个人的内心都憧憬一种横刀立马、信马由缰的生活状态；即便是走错了受伤了，这种经历也会刻骨铭心，无怨无悔。但在现实生活中，我们又都戴上忠贞的面具，对那些不加掩饰的情感不予认可，还要投以鄙视。逼得人们口口相传"不要动情，免被情伤"。由此，那些世故圆滑，玩经验于股掌的人，常常洋洋得意。

五

齐先生还在为醒而喝，小瓦已远去。我突然想起一位哲人的话：真实，意味着事实与一个观念构造的结合。

我默默地往家里走，齐先生、小瓦、小崔、小谢、我。几个人在我眼前晃来晃去。一股悲凉的情绪油然而生，并不断地扩大，大到让世界仅仅是我们走过的一堆杂乱的脚印。

心中的坟茔

1996 年 8 月 31 日午夜 11 时 42 分，这是我感受到的西风最凉、最透骨的时刻；苍天最黑、最贪婪的夜晚。这个时刻，这个夜晚，爸爸完成了他生命的最后一次远行。只是，这一次他走得实在是太远，太远——

我望着他如熟睡的面容，一股凄冷的风，从我的后尾骨一直窜到头顶，大脑顿时一片空白。我顺手举起一瓶啤酒，从头顶浇下，然后，将空空的酒瓶从三楼病房的窗户扔出，一种撕心裂肺的破碎声在夜空里扩散开去。这个声音，在我心里萦绕了许久，许久。

爸爸去世了，一滴泪渗进大地。

我是 8 岁时才真正看到爸爸的。那是哈尔滨的冬天。爷爷奶奶相继去世，没有人再看管我。爸爸来了，是来接我的。爸爸是晚上来的，屋里的灯光很暗，爸爸低着头坐在椅子上抽着烟，和伯父、叔叔、姑姑们说着话，我瞪着好奇的眼睛抬头看着爸爸，心里说：这是我爸爸？他怎么不理我呀。后来我就睡去了，没和爸爸说一句话。第二天，爸爸拉着我说：“小震，咱们走吧。”我说：“去哪儿?”“回家。”我立时挣脱，跑到姑姑身边，带着哭腔说：“我不跟你走。”姑姑抚摸着我的头说：“小震，他是你爸爸，你不跟他走，跟谁呀?”最后，我还是跟爸爸走了。从哈尔滨到营口这一路的火车上，爸爸也没有跟我说几句话，即使说，也都是“饿了吗”“渴了吗”之类的话。那时，我的心里确实不知道什么是爸爸，什么是妈妈，因为从我记事起，我身边就只有爷爷、奶奶；偶尔还能看见伯父、叔叔和姑姑。我曾问过姑姑：“姑姑，我怎么没有爸爸妈妈呀?”姑姑说：“要爸爸妈妈干什么，有爷爷奶奶不就行了?”再后来，是婶婶悄悄告诉我：“你生下来不长时间，你爸爸就进监狱了，你妈妈和你爸爸离婚了，你爷爷就把你抱回来了。”那时，我不懂什么叫“进监狱”“离婚”，只是心里认定，爸爸妈妈都不要我了。我也不指望见到他们了。

到了营口，我和爸爸只在一起生活了十个月，而这十个月是我一生都无法忘记，也无法复制的，尽管那时我只是个八九岁的孩子。到了营口后，爸爸对我很不好，很少跟我说话，而只要跟我说话，就是训斥我。那时，我心里很不舒服。可是，我看到经常有一些人到家里来训斥爸爸，我又真的可怜他。爸爸经常被一些人叫出去开会，而且要半夜才能回来，回来后的爸爸有时自己悄悄地落泪。爸爸经常是晚上被叫去开会，我就被邻居侯奶奶叫到她屋里，有时太晚了，我就睡在侯奶奶家。渐渐地我知道了，爸爸是被叫去挨批斗了。我还知道，爸爸做过俄语翻译，是“苏联特务”，爸爸写过什么文章，说过什么“反革命”的话。后来，我听侯奶奶和其他邻居说：“赶紧把小震他妈找到吧，老商不一定哪天就得被带走，这孩子怎么办啊。”这时我才知道，我还有妈妈，而且妈妈还在。

那时的爸爸根本顾不了我，他也很少往家里拿吃的东西，可是我确实很饿。我常去偷邻居家放在门外边的白菜、土豆回家里生吃。一次，一个秋雨凄凄的晚上，爸爸又被叫去开会，我饿得四处找不到吃的，就跑到街上，走进一家干鲜果商店。那里摆着很多能吃的东西，顾客却不多，我看着这些能吃的东西，更是饿得难以忍受，我终于伸手偷了一个柿饼子（后来我才知道是柿饼子，我至今也没再吃过这宝贝）。可刚拿到手，一个高大的男营业员就大吼一声，一个箭步冲上来，抢回柿饼子，并开始对我拳打脚踢，我在地上连滚带爬，从商店一直被打到街上。我鼻破脸青，浑身泥浆，趴在地上半天没能起来。后来，有很多人来围观，他们说，我是小偷，这时我才站起来，低着头往家走，没掉一滴眼泪，到了家还咬着牙；到了家里，我不能不哭了，我实在是委屈，我不是小偷，我是饿呀！我哭着的时候才发觉，浑身的疼痛已将我的饥饿掩盖了。那晚，爸爸回来时，看到我面目全非的样子，问我：怎么了？我把事情的原委如实地说了一遍，爸爸抚着我的脑袋，一句话也没说。我抬头去看爸爸时，恰好爸爸的一滴泪落在我的脸上，那一滴泪好烫啊。那晚睡觉时，爸爸把我搂在怀里。

我在那天晚上经历的委屈与疼痛，一直到今天还耿耿于怀；而爸爸的那一滴泪，现在依然是新鲜如昨。

1969 年端午节的下午，我因偷吃邻居家包粽子的红枣，被爸爸打了一顿，并被反锁在屋里。我站在屋里，已忽略了爸爸打我的疼痛，正在回味红枣的滋味。这是 9 岁的我第一次吃到红枣。过了一会儿，那位邻居笑着站在我家窗前，指着她身边的人说：“小震，你妈妈接你来了。”我抬头看着她们，脸上没有任何表情，也什么都没说。妈妈显然是在哭，可能是看到了我脚上一只大一只小的鞋（都是捡的），身上几乎无法遮体的衣服。后来，妈妈从包里拿出一些糖果、红枣等好吃的，我立刻把这些吃的抓起来，从窗户跳出去分给在院里的小朋友和邻居们吃。一邻居对我妈说："小震是个好孩子，你快带他走吧，他太遭罪了。"后来，爸爸回来了，和妈妈简单地说了几句话。第二天，妈妈给我换了一身衣服就带我走了。原来，妈妈还有一个家，在抚顺。

1976 年，我再一次回到营口，回到爸爸身边时，爸爸已完全变成另一个人了。他满头灰白的头发，面容憔悴，双目痴呆，重要的是极端神经质，疑神疑鬼地认为周围的人都是在整他，在搜集他的黑材料。此时，他已把他一生的学识、才干都用在怎样防范他人上了。爸爸还是经常训斥我，我当时很不服，认为别人整你，怎么拿我撒气。但我绝不反抗。1977 年，高中毕业后我就到工厂上班了，并住进了独身宿舍。1983 年，我定居抚顺后，常去营口看他，这时他的精神也好多了，开始跟我拉起了家常。1985 年春节，我带着妻子、女儿去营口，跟爸爸过年，爸爸非常高兴，看着我女儿，眼睛里流溢出我从未见过的喜悦。后来，我每年都带着孩子回营口跟爸爸过年。一直到 1988 年，我买了一处楼房，将爸爸接到我的身边。这时的爸爸会跟我聊很多很多的话题，什么历史的、地理的、文学的、哲学的、音乐的，我惊叹，爸爸原来是学富五车的啊。爸爸很爱我的女儿，几天不见就叫我："把孩子接来，我领着玩玩。"（那时我女儿由我妈照看）爸爸一直很简朴，用钱很仔细，但只要我女儿向他要求，他答应得就会像个富翁一样爽快。

1991 年，我只身到北京工作，每年都要到抚顺看他几次。这时，我看他过得很安静也很安详。1994 年，爸爸说他胃不舒服，经常疼得吃不下饭，我把他接到北京，到 304 医院一检查，大夫说是胃癌，而且是晚期。我愣了。我不信！接着又到肿瘤医院检查，结果是一样的。我傻了。爸爸受了一生苦难，凭他自身的能力，本应该过上很好的日子，只因为他生活在那样一个特殊的历史时期，才使他的心灵、肉体饱受凌辱与磨难。我本想，待自己强大了，一定要让他过上更欢快、更舒畅的生活。可是，为什么现在他就得了这个病呢。医生说：癌症，大多是因焦虑、郁闷而起。我细一想，爸爸这一生除了焦虑和郁闷，还有什么呢？

我把爸爸接到北京，先是领着爸爸把北京及周边的所有风景区游览一遍；然后，住进肿瘤医院，先后进行了两次手术。令我惊叹的是，爸爸从住院到去世没向我说过一句“疼”。是啊，爸爸连冤枉地进监狱，挂牌子戴帽子游街，把一生的学识都淹没在政治运动中，都没说一个“疼”字，这时的“疼”，他怎么会喊出来呢？

爸爸知道自己时日无多，就对我说：“小震，咱们出院吧，这里花费太高；再说，我也该看看瑶瑶（我的女儿）了。”我说：“好吧。”这样，我就雇了一辆小轿车，将爸爸从北京送回抚顺。当我把爸爸从病床上抱起放进小轿车时，我惊异地发现，爸爸的身体已经这样轻，而我心里却重得如塞进一座大山。从北京到抚顺的路上，我一直是含着泪水的，我知道这是爸爸有生之年最后一次与我出行，尽管他现在只能躺着。

爸爸的青少年时期在哈尔滨读书，后考入北京外语学院，又被分配到鞍山做俄语翻译，又到营口工作，又到抚顺定居，又到北京治病，现在他又要求回抚顺。我觉得抚顺这个地方，在爸爸的一生中不应该留有什么痕迹，可是此时他能去哪儿？除了抚顺都是伤心之地！再说抚顺还有他的孙女瑶瑶啊。爸爸住进抚顺的医院，瑶瑶每天来看他，他也只是抓抓瑶瑶的手，深深地看几眼，什么话也没说。

爸爸在抚顺的医院里住了七天就与世长辞了，我将爸爸的骨灰在抚顺的高尔山公墓存放了一年，然后遵照爸爸的遗愿，将他的骨灰撒入辽河。

辽河是贯穿东北大地的一条河，它的入海口就是营口。

把爸爸的骨灰撒入辽河后，有朋友说，怎么不给老人留个坟丘，日后也有个祭奠的地方。我说，爸爸的坟丘就在儿子的心里，我每时每刻都会给这座坟丘覆上思念的新土。

他把肉体安置到远离人群的地方

韩作荣走了。当我从协和医院太平间的冰柜里抱着他的头，把他放进棺材里时，我才相信。在八宝山，当他的肉体燃起熊熊火焰时，我才相信。

在他肉体被点燃的瞬间，我低着头，任泪水无所顾忌地流。火葬炉的门闭合，一个活生生的韩作荣，就再也不会和我喝茶、抽烟、聊诗、嬉闹、倾诉心底的细语了。我独自走回告别厅的广场，仰着脸默念：韩老师，你走吧。这易逝易朽的肉体，并不是你精神的最好居所。接着，我就背诵起他《自画像》一诗的最后几句：

我的心，跳来跳去
血管已捆不住心脏
自然，我也是高傲的
我的骨头坚硬，可以碎裂，绝不弯曲
我肮脏的血肉，宁可交给火焰

也不留给蛆虫

他真的走了，给我留下了真正的清冷与虚空。从此以后，我要一个人面对这泪眼背后的模糊世界和无法填补的哀痛。

韩作荣走了，死于心梗。像他活着时一样，宁肯堵着自己，也要把疏朗留给别人。

我心中的韩作荣，是宽阔与寂寥的。他常常板着庄严的脸，其实，庄严的后面，是一颗渴望自由、欢快的心。他这一生都在追求真诚，对说假话的人和伪抒情的作品深恶痛绝。然而，在到处布满虚假的现实生活面前，他又不得不避让，或委屈地妥协。他使劲抽烟，让烟雾遮盖他的表情，他一口接一口地喝茶，让眼睛只看着茶色由浓变淡。更多时候，他逃避虚假的办法，就是把自己设计进诗歌的世界里。他的诗歌是他给自己营造的一种虚幻而又真实的“文化幸福”。使他的诗，既有古典的庄严又有现代的跳脱；抒情可以深入到事物的内部，意象不多又皆恰到好处。他的诗，都是在虔诚、苛刻、我行我素中完成的。所以，他平素寡言，只有和他谈诗或其他文学体裁时，他才滔滔不绝地说起来。

二十几年来我们朝夕相处，我目睹了他读过多少书、写过多少读书笔记，创作过多少诗歌、散文、理论及其他作品。他的勤奋、刻苦和韧劲是我望尘莫及的。

二十世纪八十年代中期，我和韩作荣在抚顺相识。那时，所谓相识，不过是握握手，寒暄几句。1991 年，我“漂”来北京，开始和他一天比一天密切地来往，直至成为一个人的两个分体。

那时，他住在和平里北街甲五号，和王燕生老师楼上楼下，我几乎三天两头地往在他那个被他的烟熏黄的书房里跑，一坐就是一个晚上，聊诗歌，聊人生。有时，想喝酒了，就喊着王燕生老师一起下楼去喝。彼时，他很能喝，王燕生老师更能喝。我们仨喝两瓶二锅头，很轻松。酒后不误对诗歌和人生的判断。后来，我的兄弟李犁、陆健也加入了我们喝酒聊天的行列。一次，陆健从河南来，带了两瓶河南产的白酒，我俩就去韩作荣家，喊他和王燕生老师一起在他们家楼下的一个小饭店里喝，两瓶喝完，王老师高呼不过瘾，就又喝了两瓶。结果是他和王老师都喝醉了，我们要送他们回家，他俩坚决不让，我们就蹲在马路边想看他们回家后再走。这两个人在大马路的中央，互相搀扶又互相搂抱，盘桓了许久。我在路边高喊："嘿！快看，两个老头在练拥抱呢！"从那时起，我知道：王老师的酒量并不很大，韩老师的酒量也不是不可测。后来，我们哥仨，常把他俩喝醉。当然，经常在一起喝酒的还有徐刚、叶文福等老师辈的人。那时，每和他们喝一次酒，在学识和见识上都会有所长进。酒是通道，是打开话语的通道，是我偷师学艺的通道。1993 年，在盘锦，我被这几个老师级的大哥给狠狠地整了一回。晚上，大家出去喝酒，他们把我夹在中间，我的左边是王燕生，右边是徐刚。喝啤酒，我五瓶落肚要去厕所，徐刚说："你小子不是能喝吗？不准你去厕所，看你能喝多少？"并指挥王燕生："燕生，别让他出去。"喝到第七瓶，我实在挺不住了，可这两个老哥就是不让我出去。韩作荣这时说话了，他吐着烟，一脸坏笑地说："哎呀，你从瓶子里灌到肚里的东西，再灌回瓶子里嘛。"徐刚和王燕生一听，乐了，纷纷说："对，你小子有本事就尿回酒瓶子里。"王燕生顺手就拿起个空酒瓶子给我。我也毫不含糊地将两个空酒瓶子尿满。那一晚上，韩作荣一共没说几句话，而这一句话，像是在使坏，实则是帮了我。

1994 年，我父亲查出癌症，并做了手术。那时，我的收入也仅可用于一般的生活，供养父亲治病已经有些勉为其难。韩作荣知道我的经济状况，就每隔一周左右来医院看看我父亲，走时，一定会在父亲的枕头下塞个信封，里面总有一千或两千块钱。那时，韩作荣是《人民文学》二编室的主任，他的工资也不过是两千块钱左右，他送到我父亲医院的钱，我想，一则是他的稿费，二则是他借的。虽然后来我也一直没问过他这些钱的来源。一次，父亲的病情加重，他和几个朋友来医院看望。我父亲睡着了，一朋友说："商震，你也别把自己熬坏了，走，出去喝口酒吧。"我看了一眼熟睡的父亲，并和护士交代几句，就和他们出去了。那晚，我们大家喝得都很克制，唯有老韩喝得很是猛烈。他按着我的肩膀说："商震，你爸爸有你这样一个儿子，心里会很踏实的。今后，你不要跟我客气，有什么需要你就说，用钱用人都来找我，我会尽全力。"就是那晚，我在心里下定决心：我父亲走后，老韩，你就是我父亲。

1996 年，为稻粱谋，我受聘于一家电视台做编导，10 月，我正在外地拍片，接到韩作荣的电话："赶紧回来，下周一到《人民文学》报到。"我即刻辞去电视台的工作，回到北京，按他要求到《人民文学》报到。从此，我们就开始了天天相伴的生活。

1998 年春夏之际，我俩去黄山市一家企业谈一个合作项目的协议，其间，接待方带我们到半山腰的一家小饭店吃竹笋。真是好吃，我们都大快朵颐。协议签好后，准备回京。我说："老韩，咱俩在山上住几天吧，那竹笋太好吃了。"他会意地说："好。咱不用他们送机场，咱俩自己打车走。"就这样，我俩在半山腰住了五天，日夜不分地吃笋，喝酒，谈天说地。更多的是谈当下的诗歌状态和创作中的问题。重要的是，他条理清晰地教我怎样做好诗歌编辑，要读哪些书，怎样判断各种诗歌写法的优劣。如果说，我今天对诗歌的判断有一定的功力的话，就是那次我们在黄山聊天给我的启迪，和他一直的言传身教、耳提面命，及我加倍努力学习的结果。

我曾在那时的日记里写道：我实在太热爱韩作荣这个给了我美好时光的人，把我交给他，就是给我的灵魂找了个家。

2006 年，冬去春来，乍暖还寒，老韩说："下班咱俩老地方喝茶去。"所谓"老地方"，就是兆龙饭店的咖啡厅。那里是我俩还有徐刚喝茶聊天的场所。那些年，每周至少有一个下午我们在那里。那天，他拿出一封匿名信，内容是所有匿名信的常规内容，就是往他身上泼污水。什么贪污受贿、拉帮结伙、生活作风，甚至说他根本不会写诗。我看了后说："别在意这个。做好咱自己，你越在意，诬陷你的人就越得意。"他说："道理我懂，可我就是不明白，凭我的为人处事，怎么会有人这样诬陷我？"第二天上班，他就召集全体人员开会，在会上，他就把这封信给读了。后来，这种信又来过几封，接着就不了了之。去年，我刚到《诗刊》，不久，也接到了匿名、实名的诬告信，我心有不甘，到他家，喝着酒跟他说："我刚到《诗刊》，招谁惹谁了，就这么往我身上泼污水？"他说："你当年不是也劝过我吗？这是社会丰富性的体现，有善就一定有恶，你要做好事就一定会有人说三道四。别理他们，干好你的活儿。千万不要冲动，不准对那个写信的人有任何举动。再说，狗咬了你，你也不能去咬狗啊！"

2012 年 12 月 13 日，《诗刊》社组织一些诗人去黑龙江哈尔滨附近的一个地方去采风，我邀他一起去。16 日返程，一早我就跟他说："老韩，今天你过生日，我在哈尔滨已做好了安排。"他说："哦，好的，我让我的一个侄女也来吧。"从他五十岁起，每年的 12 月 16 日，我都给他过生日。有时是一群朋友，有时就我们俩。我们俩时，一瓶红酒，连喝带聊能耗几个小时。采风团全体回到哈尔滨，有些人没来过哈尔滨，就想出去转转。我对雷平阳说："你不要走，跟我一起吃饭。"雷问："什么事?"我说："老韩过生日。"雷说："好，我肯定不走。"后来大家都知道老韩过生日，就都没走。老韩的侄女一家人来了，还带来了66个饺子。在东北的一些地方，有这样的习俗，就是65岁生日时过66岁大寿，吃66个饺子，预示今后"顺溜"。

唉！谁曾想，他吃完这66个饺子后，就再也没顺溜过。

先是他儿子韩戈病重，他急得脸都变成铁青色，几乎要卖房举债给儿子看病。后来儿子病情好转，才算松了一口气。那时，我看到了一个清正廉洁的人在需要钱时的窘境。虽然他好友众多，有人也给了一定的帮助，但他这样一个一向自重、自尊的人，怎么会坦然地接受别人的帮助和馈赠呢？包括我给他钱，他也要长叹一口气。，其潜台词一定是：你的家境不比我好啊！

2013年，诬告我的人很是疯狂。我就当没事儿一样地工作，老韩却有些着急了。我俩单独在一起时，他每每都对我如此如此、这般这般地说一通，并列举了许多中外名人蒙受冤屈后如何应对的例子。他要求我：不求有为，但求无过。说完一通，他自己就笑了，说："唉，怎么说你也没用。咱俩一样，就不是个干活儿会糊弄的人。"

雷抒雁老师去世后，很多人都推举老韩当诗歌学会的会长。我私下里对他说："咱不干吧！把你累得够呛，也未必会弄出什么大成就来。再说，你那么认真，事无巨细，事必躬亲，就你这身体，还不累坏了?"我一直反对他去做诗歌学会的会长，多次和他说：不干，不要干。在诗歌学会全体理事投票时，他知道我一定会投反对票，所以，他指示诗歌学会的小高：商震的票就不发了。这事，后来他当了会长，小高才告诉我。

今年7月，诗歌学会在黄山开理事会，一天，小高给我打电话说："韩老师希望你去。"当天晚上我就去他家，说："怎么让小高告诉我？你说一声不就行了。"他说："当时屋里有很多人，我怕你来劲了顶撞我。"

7月的黄山诗歌学会理事会，我去了。这是我唯一一次参加他当会长后的诗歌学会的会议。

2013年11月初，我俩通电话，他说：延安有个活动，你去吗？我说：延安我不去。我又问：宁波你去吗？他说：宁波我不去了，从延安回来，休整一天，就要去南美。

11月11日晚上9点多，我女儿给我打来电话说："韩伯伯住院了。"我说："什么病？"女儿说："心脏有问题。"我放下电话，想了一下，他心脏怎么会有问题？前天通电话时，不是说只是感冒了吗？我就打他手机，没打通。我根本没多想，就随着一些人喝茶去了。12点左右，我回到房间，洗漱完毕，准备睡觉时，往床上一躺，心里就紧了一下，对老韩这次住院有些不放心了。我立刻就下床给他家打电话，没人接。打他手机，不通。我更是着急了，马上找他司机小高的电话。我新换的手机里没有小高的电话号码。打电话给其他人，谁也不接我电话。此时我开始心慌意乱。我老婆睁开眼睛看我，以为我出了什么事。问我："你找小高干吗？"她说的小高是我们另外的朋友。我说，我要找老韩的司机小高，我怎么觉得老韩这次住院不对劲呢？都这么晚了，家里还没人接电话，说明嫂子也在医院护理呢，老韩是不是病得很重啊！我老婆说：没事。从来没听说过韩老师心脏不好啊。就这样我煎熬着、疑虑着，足足有两个小时。无眠，无论如何都不想去睡觉。12日凌晨2点44分，我的电话响了，我一看就想起来这是他司机小高的电话，我接起来，小高只说了几个字：“商老师，人走了。”我说：“什么时候?”“刚刚。”

我傻了！在宁波宾馆的地上来回踱步，许久，才想起来打电话问司机小高：“什么病？人在哪儿呢?”问过后，我给一个朋友发了条短信：“韩老师去世了。心梗。我在北京没亲人了。”

我穿上衣服，走出宾馆。那夜，宁波正下着小雨。雨水和泪水，把我从心里到身外浇得像一张湿透的纸。冷，无比地清冷。走在街上，我又像一片落叶，任由风吹雨打。

没有了韩作荣，我的快乐与苦楚将无人可说，我的精神也将无可栖之所。

他走后的几天里，我一直想为他写点儿什么，可就是写不下去。只在草纸上写下两行字：

写你时，才发现我是无才的
你永远沉默了，我还敢和谁坦露真诚

这些年，韩作荣虽然常常身处喧闹中，但他心里一直喜欢独处。这次，他终于完成了心愿。只是，走得太匆忙。我们商量好的，等我退休或不想干了，我们把身体安置在远离人群的地方，好好喝茶、抽烟、聊天。

想起爱默生的一句话：“我们相逢时，仿佛我们素昧平生。我们分别时，好像我们从未分别。”

是的，我和韩作荣没有分别，也不会分别。他的诗文在，音容笑貌也在。

你的名字卡在喉咙

“水走了
河床留了下来
那些石头
放弃鳃
开始用肺呼吸”

这是燕生老师刚退休时写的一组诗中的一首。现在，他老人家把肺也放弃了，开始用灵魂呼吸。

他刚退休时，我去看他，我俩喝着酒，聊着天，我说：你退休后想做点什么？他说：“四处走走，访朋问友；读书写诗，下棋喝酒。”到 2011 年 3 月 20 日之前，他的这些愿望都实现得很好。

我与燕生老师二十年来情同父子，写纪念他的文章是件最痛苦的事，每写一笔都会戳痛自己一次。我一直抱有幻想，幻想他还活着，一个善良、正直、有童心的诗人，不会死。

1990年后，我“漂”在北京，写诗不多，喝酒很多；而大部分的酒是和王燕生、韩作荣、陆健、李犁喝的。和王燕生、韩作荣喝酒，可以不设防，可以把心底最深处的东西掏出来让他们评判；更重要的是与他俩喝酒，不仅可以酒醉，还可以情醉、学识醉。那时，王燕生、韩作荣的酒量蛮好，一斤不倒，我们小哥仨也都是一斤正好；可想而知，我们在一起喝起来，是多么风生水起。一次，李犁从东北回来，我说：走，找作荣、燕生喝酒去。我们就在和平里北街甲5号院边上的一家小饭店喝起来，喝了多少不知道了，只记得我们要送韩作荣、王燕生回家，他们不让。我们就在路边看着他们互相搀扶着，诉说着什么，走两步分开又抱在一起。我们说：看，这俩老头儿在练拥抱呢。当然，最后还是我们把他们送上楼去。那一时期，他们俩是我的精神支柱，是我学习写诗、做人的榜样，而我的学习过程大部分是在酒桌上进行的。

1995年，我在山东荣成搞了个诗歌活动，王燕生和我一起先行安排一些会务。王燕生问：李犁为什么不来呀？给他打电话。我就把电话拨通，接电话的是李犁的太太，王说：我姓王，我是他爹，让他来。李犁回家后，他太太如实汇报，并问：你怎么又弄出个爹来。李犁说：对，那就是我爹。可见，王燕生一直是把我们当自己的孩子一般看待。从那时起，我们就把王燕生称作“老爷子”。

2009年，《人民文学》刊发了老爷子一组诗，删去了其中两节。我认为老爷子是老编辑，能理解。可发出来没多久，老爷子就对一个我们共同的朋友表示了对我的不满。大致意思是：商震这小子当官了，敢删我的诗。他不直接对我说，当然也不会和许多人讲，他只讲给一个人，一个肯定会转达给我的人。由是，我当时想：老爷子真老了，心理开始脆弱了，直接骂我几句，我会多舒服啊。但同时，我也在内疚我的粗心：为什么不事先和老爷子打招呼呢？关系如此之亲，也不该疏于交流啊。

今年春节过后，一个朋友邀几个人小聚。老爷子、韩作荣、唐晓渡等都在，喝到一半时，老爷子就有点上劲，要痛快淋漓地喝。他又开始表现出天上没有玉皇，水里没有龙王的姿态了，我们都开始制止，制止了一阵，还是韩作荣给他倒了一点，并说：就这些了啊。那天，原定是另一个朋友顺路把老爷子带回家，我看他还是有点上状态，就决定亲自送他回家。老爷子在众人面前可以骂我、训我，我都唯唯诺诺，但在只有我俩时，我就是他的司令官。有一次，他在为一个龌龊人的龌龊事大发雷霆，要去当面斥责那人，被我压住。我俩找个地方喝酒，我把他的身份一再强调给他：你是退休老头儿，少管他人的事。接着我又说了许多该如何如何的做法，他竟像孩子似的，站起来给我敬了个军礼。这一次送他回家，是我最后一次送他。这些年来，我送他回家多少次，没统计过，但这一次却永远地记住了。一路上，我们说的都是让对方保重身体，注意健康之类的话。一个月后，他的身体不在了，但我相信他的健康没有什么能摧毁。

写此文时，我正在南方出差，窗外下着凛冽的雨，遂写下一首小诗，做结语。

雨夜，怀王燕生

窗外的雨，凉凉的
直接打在心上

天突然黑下来
想你

黑在不断地扩张

光线失声
你的名字卡住我的喉咙
冷风把你放大
风的脚印，嵌进我的骨骼

我愿意活在虚构里
你还在。还是用几杯浊酒
把自己浇醒

有些人求醉，为寻“桃源”
你执拗地喝酒，为清洗俗尘

现在，我面前摆着两只酒杯
却没有了说真心话的人

我看一眼酒杯，心疼痛一阵
不看酒杯时，心拧成了麻绳

离婚汤

我有个外号叫“商大妈”。我这个外号知道的人不多，却已被我背负十几年了。

说实在的，这“商大妈”的盛名我是其实难副的，我并没有多少“大妈”的功能，只是会做饭。十年前，两个漂在北京的诗人，居无定所，工作无着，甚而常常食不果腹，于是他们就住到我家里。那时，我也是一个人在北京工作，（家人还没有来）他们住到我家后，我的一居室里就热闹了。首先，是多了两张床。那时，我也刚来北京不久，经济收入也仅仅是衣食无忧。我们仨在一起生活，三张单人床，一个写字台，一个书柜，一个折叠饭桌及一套炊具就是我们的全部家当。开始时，我们都到楼下的小饭店去吃饭，有时还可以尽情地喝些酒，吃完喝完甩甩手惬意地回家，既不操心买粮买菜，也不管刷锅洗碗。每个晚上都是泡上一壶茶，在一起讨论惠特曼、博尔赫斯、卡夫卡，偶尔也说说中国当代诗人及作品，我们三个人那时都是自命清高，恃才桀骜，也基本上是游手好闲，做出一副仿古的诗人风范。可是，诗人无论古今都得吃饭呐。（据说神仙也吃饭）渐渐地入不敷出，小饭店我们吃不起了，就得自己在家做饭吃。这时我才知道，我这两个哥们是一直与厨房绝缘的。于是，我就给他们各起一个外号，一个叫“陆大少”，一个叫“李懒猪”，他们就叫我“商大妈”。所谓“陆大少”，顾名思义，就是一身皇族贵胄的少爷作风，绝对不会去市场买菜和下厨房做饭，饿了他也把脖子挺得倍儿直，大有一种“冻死迎风站，饿死不低头”的架势；“李懒猪”之懒，堪称一绝，他吃西瓜、葡萄从不吐籽——懒得咀嚼、分辨、吐出；喝酒时，无论给他倒多大的一杯酒，他都一口喝干——懒得一次次地举杯；睡觉时绝不脱袜子（换洗时除外）——懒得晚上脱、早上穿。一次，我正在炖羊肉，突然接到一个电话让我出去一下，我就对他说：“懒猪，我一个小时左右回来，十分钟后，你把厨房的火关掉。”他说：“我不知道多长时间是十分钟。”我赶紧把闹钟拿出来定好时间，说：“闹钟一响，你就去关火。”他说：“好，你走吧。”我不到一小时就回来了，一进屋，一股焦味扑面而来。我健步跨进厨房，看到火还孜孜不倦地燃着，我立即把火关掉，揭开锅盖一看，我那锅炖羊肉已变成烤羊肉了。我转身窜进卧室，怒目对他说：“懒猪，你怎么不关火？闹钟没响吗?”他若无其事地说：“响了，我忘了你上闹钟是让我干什么了。”听了他的话，我气得要命，笑得要死。

最可恨的是休息天的上午，我要睡懒觉，他们在床上饿得翻来覆去就是不起床，实在挺不住了，就都把腿伸出被窝用脚踹我的床，异口同声地喊：“商大妈，起床做饭。”

现在，他们都是在诗歌界较有成绩的诗人，同时，他们在各自的家里，也早已被训练成“陆大妈”“李大妈”了。

我做的菜，在我小范围的朋友圈里小有名气。一是我愿意琢磨菜的色香味及工艺；二是我胆子大，敢把各种菜往一起搭配。每当我品尝自己做的菜时，就像抱着我的女儿亲昵一样。

一次，刚结婚的朋友董利带着新媳妇到我家做客，我为他们做了一桌菜，其中一道菜是将黄瓜去皮在开水里煮一下，再将黄瓜切成二寸左右的小段，中心掏空，把和好的肉馅塞进黄瓜段里，裹上淀粉，用油炸透，再焦熘。这道菜大家从头吃到尾也没吃出黄瓜来。那顿饭，我还做了一个鲫鱼汤，乳白色的汤里又加点胡椒粉，大家喝得很舒服。董利夫妇对这个鲫鱼汤赞不绝口。吃过晚饭，他们就走了。没想到，正是这个鲫鱼汤几乎酿成大祸，险些拆散这对新婚不久的夫妻。

那天，董利夫妻从我家吃完晚饭回家后，董利就一直说我做的菜好吃，尤其是那个鲫鱼汤好喝，并不断地问他妻子："你会做这些菜吗？你能做一个鲫鱼汤喝吗？"他妻子说："有什么呀，明天我就给你做。"第二天，董利下班回到家，他妻子说："赶紧洗手吃饭，今天我一定让你大开眼界。"董利一边洗手一边高兴，心想：这老婆还真行。他坐下来，面对着一盘菜狐疑地问："这是土豆片炒什么呀？"他妻子说："你吃吃嘛，看看好吃不好吃。"董利夹起来一块放到嘴里嚼了一下，立刻就吐了，说："你真能闹，怎么用香蕉炒土豆片呀？"他妻子理直气壮地说："商大妈说，只要不把菜配成毒药就行。香蕉和土豆肯定配不成毒药啊。""香蕉是甜的，你又往里放盐，放花椒，还有醋，这是什么味儿呀，人家商大妈配出的菜好吃，你配出这菜没法吃呀。"他妻子看董利有些急，就赶紧说："好了，你别生气，我就是做做实验嘛，不能吃，以后不做了，我给你盛一碗鲫鱼汤喝。"乳白色的鲫鱼汤盛上来了，董利端起来就是一大口。这一口咽了一半，另一半像高压水枪一样，喷了他妻子一脸。他脸色也变了，说话也结巴了："你、你这是什么呀？这汤里都有什么？你是不是给我下药了？”董利媳妇火冒三丈，心想：我好心好意为你做顿饭，没得到夸奖，还招来谩骂。于是就委屈地又哭又闹，接着，俩人就打起来了，桌子也翻了，凳子也倒了。末了，媳妇哭哭啼啼地回娘家了，临走时对董利说：“董利，明天咱俩就离婚。”

董利在屋里气了半天、闷了半天，给我打来电话，说：“你给她讲了什么乱道理，什么不把菜配成毒药就行，你来看看她做的这菜，比毒药还难吃呢。”我听了立即赶到他家。

我到他家先是看了“土豆片炒香蕉片”就按捺不住地大笑，再到厨房看鲫鱼汤，汤里是够乱乎的了，花椒、大料、陈皮、姜、葱、蒜，应有尽有，又看到灶台上有一个空的牛奶包装袋和一个空的方便面调料袋，我简直是笑得泪流满面，直不起腰来。董利愣了一会儿说：“你笑什么？”我说：“你老婆没做过菜，但确实是想把菜做好，给你个惊喜，她不知道这鲫鱼汤的乳白色是怎么熬出来的，她就往汤里倒了一袋牛奶，她把在我家喝到的胡椒粉误以为是方便面调料，又往汤里放了一袋方便面调料，所以这汤就成了这个味道。不过，你放心，这肯定不会配成毒药。你发火是没道理的，人家是一片好心。你赶紧穿上衣服去老丈人家，把媳妇接回来。”

董利连夜去老丈人家接媳妇。据说，被老岳母训斥好大一阵子，才让他把媳妇接回来。

现在，董利的媳妇能做一手好菜，而且经常请我们到他家做客。只是，她再也不做鲫鱼汤了，也坚决不在任何地方喝鲫鱼汤。她说：“这鲫鱼汤差点儿让我们离婚，所以我已经给鲫鱼汤改名叫‘离婚汤’了。哪一天我和董利真的过不下去了，我就做一碗鲫鱼汤给他喝。”董利说：“我不喝，你也别做，我还等着你肚子里的儿子呢。”

我听了他们的对话，虽然觉得好玩好笑，但内心深处还是有些自责。如果当初我把做鲫鱼汤的方法悉心地告诉他们，何必让他们对鲫鱼汤这样耿耿于怀，甚至将这样的美食改名为“离婚汤”呢?

不醉的朱零

朱零善酒，与他来往过的人尽知。

他常说：他嗜酒是遗传。比如他祖父、他父亲，还有他岳父都是酒中英雄，杯中豪杰。于是，他便每日两顿或三顿地喝酒。他是我见到的唯一一个能长期只喝酒吃菜而不吃粮食的人，也是我见到的少有的酒醉后不闹的人。他酒醉后的唯一症状是话多，而他酒后的话是颇值一听的，尽管此时他嘴上总挂着些半脏不洁的词语做发语词或后缀，但多为肺腑之言，甚而有些豪情，与他平时的循规蹈矩、谨小慎微判若两人。我愿意和他喝酒，尽管我没有能力与他杯对杯盏对盏地抗衡。

一次，我们出差在外地，与当地的一诗友喝酒，该诗友酒醉后便操起电话说：本市某书记是其朋友，让他来喝酒。电话打通后，对方显然有些不耐烦，该诗友便说："我与人民文学的哥们在一起，你来一下嘛。"对方大概是说了些太晚了不能来之类的话，朱零抢过电话就"喂"了一声。对方说："你是谁呀?"朱零脸向天之左，眼望天之右，一字一顿、有板有眼地说："我是你爸爸。"然后就将电话挂掉，引得大家一阵大笑。我笑得最开心。我知道此时的朱零才是诗人朱零，才露出他真正的傲骨。

我太熟悉朱零了。

上班时，他坐在我对面，面无表情，低垂眼睑，埋头看稿，整个人都透出他诗中的那种忧郁的冷。大家闲聊时，他也会慢吞小语说几句，或不着边际地玩笑，认真讨论某事时，他有时会一句幽默便直抵核心。我很欣赏他和他诗中的冷色调的幽默。我觉得，不怕诗人忧郁，就怕诗人失去幽默。

朱零的家距我家一百米，他经常是我家的不速之客，并与我的女儿玩得很投机。他常常挑唆我女儿整治我，还自豪地说："姓商的，你女儿听我的话，你要小心点儿。"

夏天，我俩经常坐在路边小店烤一些羊肉串喝几瓶啤酒，此时他便会与我讨论一些写作上的问题。我曾批评他读书少，按自己的兴趣读书有些偏，要从古典文学读起，从经典名著读起。他听时嘴上不服，可没过几天他的书包里便装着《幼学琼林》，走到哪儿看到哪儿，出差都带着。我去他家，他的书桌上便是《左传》《离骚》。

朱零读书很认真，每读一本书都要写读书笔记。

我俩有个习惯，各自新写的诗都会先给对方看看，听听对方的意见再拿给别人。他比我勤奋，我看他的诗的时候就多。近年来，他的诗在悄悄地变，一是信息量在增大，二是语言的目的性更强。只是那朴素而真实的情愫未变。

我一直认为诗人善酒是为了求真，为了释放坦诚。而坦诚与真实是成为一个诗人的致命要素。

对于朱零的诗，我现在倒是有一个担忧，我怕他书读多了，把思想弄杂了，使其在作品中减弱了甚至失去了他那本真的主体意识。当然，他只要还像现在这样喝酒、读书两不误，平时的小心与酒后的大胆并存，我的担心就没有意义了。

车延高是谁

十几年前，我第一次在武汉见到车延高时，他是以宣传部长的身份来看望我们一行作家的。

他一脸热情的笑，跟每个人都有力地握手。大家对他也都是一脸机械的客气，淡淡寒暄。大概他是第一次遇到这么一群拿宣传部长不当大官的人。接下来吃饭喝酒时，大家渐渐觉得这个人好玩起来了，他说话没官腔，对每个作家都很谦逊，并能说出作家的作品。他喝酒耿直，不耍滑。当大家与他说成一片笑成一片时，突然有人说："老车，你长得挺像周总理哎。"他乘势就站起来学了一段周总理的讲话，那表情、身段、口音、语气，还真有周总理的范儿。接着又有人说他还像六小龄童，他听了后和我们一起大笑，并说：猴儿确实不会耍。

一场欢笑的酒宴，已使他和我们很亲近了，我们彻底不把他当大官，他自己也忘了自己是大官。饭罢，当地人告诉我：车部长写诗，是个诗人。

之后，他就把一首小长诗《哦，长江》拿给我看，我看了一遍后，几乎是没说一句好话。然后，我对他说：“多读一些优秀诗人的作品，还要多和优秀诗人在一起，哪怕是聊天喝酒，对写诗都有帮助。”他说：“好，有活动你喊我。”接着我又说：“当下诗人中，你可以先读读王小妮、大解、雷平阳等。”

一次，我率一个诗人采风团去云南大理的漾濞采风，我问他：来不？他说：去云南？能看到雷平阳吗？我说：雷平阳也去。他说：好。

我们从北京坐飞机到昆明，他从武汉坐火车到昆明。我告诉雷平阳：你去火车站接一下车延高。

车延高到昆明火车站，从出站口出来雷平阳就接到了他，可他不知道雷平阳长啥样，他上下打量一遍这个接他的人，自然地把手中的提包交给雷平阳，并问：接我的车呢？雷也不多说，带着他上车，开车就走。到了住地，他跑过来问我：你怎么找了个农民工来接我，雷平阳人呢？我说，接你的就是雷平阳啊！他“啊”了一声，转身就走。我大笑不止。

雷平阳那天上身穿着几块钱一件的半袖老头衫，下身穿着不过膝盖的短裤，脚蹬一双塑料凉鞋，黑黑黢黢的脸，黑黑黢黢的胳膊腿。不笑时，是个没找到活儿干的农民工，张嘴一笑也是刚吃完一盒方便面的农民工。

我估计，车大部长见的这个类型的农民工太多了，这个类型的诗人没见过。当然了，当他知道接他的那个黑黑的壮汉是雷平阳后，立即就跑去和雷平阳说笑去了。

晚上吃饭，用餐人多，分成两个房间，我让他到我们这个房间来，他不来，他要和雷平阳、李元胜、朱零等在一起，仅把我和阿来留在了地方领导布置的酒阵里。我是采风团团长，阿来是大名人，我俩是逃不脱的。席间，阿来悄声对我说：这个老车挺可爱，这种场合他不来当领导，愿意和诗人在一起，说明他骨子里是个诗人。

诗人们那桌吃喝结束时，我和阿来还在左抵右挡着“酒”攻。我看到他在我们房间门口晃了一下，往屋里看了一眼就走了。他一定在感慨：当领导真不是一件容易的事啊。

我们在漾濞采风，要去一个山谷，缘溪行，河滩遍布石头，他看到石头就像婴儿看到奶头，不跟我们去采风了，他一个人要在河滩上捡石头。大家继续走，他就留在了河滩。他捡了几十块大大小小的石头，又花三百块钱雇了农民的一头毛驴把石头运回住地。晚上雷平阳对他说：在这里，那头驴都不值三百块钱啊！

后来，他又当了武汉市纪委书记，又获得了鲁迅文学奖，又被迫成为“羊羔体”的创始人。那个时期，我俩曾在一起深聊过几次，那时起他就不喝酒了，开始喝茶。但从那时起，他愉快地认领了“羊羔体”的命名，并写了一组很好的诗，题目就叫《羊羔羔花儿》。

他写诗很感性；他捡石头很任性；他拿起毛笔就敢写字、画画，很灵性；他每天早晨五点钟起床写作，很有韧性。他的一部大散文《醉眼看李白》，就是每天早晨写两小时，半年多写完的。可他是纪委书记，又必须理性。一个在工作中要非常理性的人，大概要付出很大的代价才能成为诗人。而一个诗人要成为一个理性的人，同样要付出巨大的代价。这期间，需要一个人对自己不断地毁灭再生，再毁灭又再生。车延高是怎样完成毁灭与再生的，只有他自己知道。

我想起先人的一句具有真理性的话，叫：见字如面。看看他写的毛笔字，胖胖乎乎，每一个字都像一尊弥勒佛，而字的内部，却是阔大的世界与坚实的骨骼。

车延高是谁？宣传部长？纪委书记？特型演员？捡石头的？书法家？画家？诗人？都是！

他是一个内心敬畏天地、胸间包容万物的文化人。

捧着二泉上路

说起今天的韩静霆，可谓是鼎鼎大名，如雷贯耳。他得享大名不是因为他是享受着正军级待遇的高级军官，而是他的文章、书画在文艺圈具有举足轻重的地位。他的《凯旋在子夜》（长篇小说及电视剧）、《孙武》（长篇小说及电视剧）、《市场角落的“皇帝”》（小说及电剧）、《大出殡》（小说及电视剧）、《战争让女人走开》（小说及电影），都是家喻户晓的文学作品；他创作的歌词《今天是你的生日，我的中国》更是多少年来广为传唱。他曾连续三年担任中央电视台春节歌舞晚会总撰稿人，“远南运动会开幕式”“世界妇女大会开幕式”“欢庆香港回归”开幕式等大型演出的策划与撰稿，在他的智慧与文字广为流传的时候，他的国画技艺亦是叹声鹊起。他在北京、哈尔滨、福州等地多次举办个人画展，其国画作品也多次被国家领导人当作礼品带往国外。于是乎，与之相熟的人均搔头而问，韩静霆何许人也？小说家？剧作家？散文家？诗人？画家？是的，都是。韩静霆是个全才，韩静霆是个奇才。

看到今天的韩静霆，很难想象当年他独自一个人走出东北乡村、初到北京时的那一幕略带传奇色彩的故事。

韩静霆 1944 年生于吉林省东辽县，他 18 岁那年，凭着他的音乐天赋和在家乡一直出类拔萃的自信，背着一把二胡，越过山海关，直奔北京，欲投考中央音乐学院。

一个未出过门的乡村孩子，无论原来有多么自信，乍一到北京都会有找不到“北”的感觉，尤其是那个年代，既没有直观的电视，又没有太多的传媒图片。于是，韩静霆一走出北京站，就让自己原有的自信萎缩到衣襟底下去了。这宽宽的马路，这熙熙攘攘的人群，这敞亮的广场……他甚至觉得北京的太阳也比老家乡村的耀眼。一丝恐惧袭上他的心头，我今晚住哪儿呢？他下意识地攥紧衣袋里的那些钢镚儿和以角为单位的纸币。正在他东张西望一脸茫然的时候，一只手轻轻地拍在他的肩上，同时一口纯正的东北话暖风一样飘过来：“小老乡，去哪儿？”

韩静霆回转头一看，一张微笑着的尖长脸和一双热情的小眼睛正亲切地望着他。一句熟悉的乡音，很容易让人卸去怀疑与猜忌。韩静霆很自然也很亲切地凑上去。那人便率先自报家门：“我是哈尔滨东北林学院的大学生，来北京是要转学到北京林学院的。”同时将其贴着照片的学生证出示给韩静霆。韩静霆被感动了，像一下子找到了情感的突破口或见到了可靠的朋友一样，将自己姓甚名谁、年龄大小、住址籍贯、家庭成员、来京目的，甚至目前不知何处栖身的窘境都一一告知，那人听后，说：“你来考音乐学院？我也喜欢音乐。”说着顺手从裤兜里摸出一个口琴放在嘴里呜哑了几下。然后说：“住宿不成问题，你到北京甘家口黄瓜园徐工程师家去，只要你通报我的姓名，保你吃住不愁。”

韩静霆大喜过望，便按着那人给的地址敲响了徐工程师家的门。

徐工程师打开门，和善地问：“你找谁?”韩静霆开门见山地说：“×××介绍我来的，我是来考音乐学院的考生。”韩静霆为了更有说服力，便极力渲染他与×××是老乡、朋友、知音。徐工程师一家人听了后，面无表情，无一答话，只是上下打量着这位不速之客。此时，徐家五岁的小女孩跑过来好奇地碰了碰韩静霆手中的琴袋，只见徐家的老太太（徐工的母亲）厉声说：“别动。”言语间，似乎韩静霆拿的不是二胡，而是炸弹。韩静霆有点儿气短心虚，赶紧把衣兜里能证明自己的东西都掏出来，让徐家的人验明正身。他开始打量徐家的房间，两间小屋，里外三张床，他心里暗自分配，老太太、夫妻、女儿各占一张，这房间除了摆床的地方，并没有再摆一张床的空间，他想，不知这地上是否愿意摆放我这穷小子。

此时徐工说话了：“你和×××认识多久了?”韩静霆顺口就说：“刚刚认识。”说完就后悔了，并倒吸了一口凉气。刚刚吹嘘自己与×××是老乡、好友、知音，怎么这会儿又是刚刚认识，这不是把投宿的希望给砸了吗？想到此，聪明的韩静霆立即转移视听说：“我拉一首曲子给你们听听吧。”他迅速解开琴囊，拿出二胡，坐下来拉开架子。可是，此时的他并没有恢复以往的自信，握着琴的手有些颤抖，心动有些过速，头上沁出了汗珠。

老太太看着眼前这位纯朴、虔诚、单薄的孩子，慈爱地说：“小伙子，别着急。”

韩静霆镇定了一下，调了调琴，心想，就权当徐家的人是这次报考的第一批考官吧。

琴音响了，二泉的水在韩静霆的手上流淌，二泉的月光在徐家倾泻。哦，《二泉映月》。阿炳。韩静霆。

乐曲在徐家环绕，徐家人蹙着的眉头开始舒展，韩静霆的哀伤、叹息、无奈与无助，也随着乐曲淋漓尽致地呈现出来。

曲子结束了，四壁悄然。徐家的人还流连在二泉的水与月光里。

老太太绽放着被月光浸润过的微笑说："孩子，去洗把脸，吃点东西，在这儿歇着吧。"

韩静霆听后，双眼溢满了二泉晶莹的水。

音乐，这至聪至慧的语言，让韩静霆获得了温暖与关怀。

此时，韩静霆才知道，那个推荐他来徐家的×××是个骗子，徐工曾托×××将老母亲护送回哈尔滨，这个×××勒索要挟，骗了徐工的财物，还将老太太旅途用的钱也攫为已有，徐家人对×××恨之入骨。

推荐韩静霆到徐家住宿，本是×××的恶作剧，但韩静霆却因此第一次获得了陌生人给予的家的温暖。

韩静霆终于考入了音乐学院。

韩静霆在徐家住了三宿。

韩静霆在临走时，又为徐家演奏了一曲《二泉映月》。这一次，他的泪水比乐曲还要亢奋。他在答谢，他在答谢徐家人的善良、豁达、慈爱与高尚。

至今，每当韩静霆想起或听到《二泉映月》，就会想起这段故事，他就会说那是二泉作证。

“憨人” 红柯

一身结实的肌肉，一脸老实的表情，说话时永远严肃认真、有板有眼。即使在说笑话，也会把听者老老实实地带进笑话的陷阱；他咧开嘴笑着时，五官洋溢着天真和童趣。这个人，男人接触他，觉得他可信可交；女人看见他，觉得他可爱可靠。这个人就是——红柯。

2005 年我们杂志社组织几个作家到贵州茅台酒厂采风。晚饭后大家围坐在一起聊天，人到中年，聊天的话头无论从哪个方向进入，都会绕到健康、养生、强身这一类内容上。红柯的身体自然令在场的人们艳羡。于是，红柯便像模像样地做起养生强身的教授来。他肃穆得像做政府工作报告，对我们说，每天早晨与太阳升起同步，赤身裸体，马步蹲裆，再如此如此这般这般。因为他讲述时的庄严，我虽疑信各半，也不好出言戏谑。我知道我不会按他说的去练，一是我早晨无法比太阳醒得早；二是我的生活毫无规律可循。所以，只要是不危及生命的事，都不能奢谈一以贯之地坚持。我虽然精神在溜号，甚至把红柯的讲义当故事，但我身边的李敬泽和梁平却在屏气凝神地听，而且，我分明感觉到他俩的脖子明显地向红柯的方向伸长了几厘米。一夜无话。翌日早餐，红柯像老师检查作业似的，问我们："怎么样？练了吗？"这一句话音刚落，只见梁平把刚喝进嘴里的半口粥又喷回碗里，同时脸上泛起红潮，一双凤眼乱转，不知往何处落目，半边的嘴角上翘，露出一副怪相；再看李敬泽，眯起一只眼睛，歪着半边嘴，喃喃笑说："这动作实在是有些不雅。"至此，大家前仰后合地笑。我不经意地一看，这红柯笑得真实，无邪，像婴儿吃饱了奶水后那样满足。

此事过去很久，我曾问红柯："你那套功法是真是假，功用几何？"他依然一本正经地说："真。我一直在坚持练，这套功练好了，通经络壮腰身。"

2008 年春节刚过，我给红柯打电话说："我们要组织一些作家去哈尔滨采风，你去吗？"他非常干脆地回答："去。"

哈尔滨的寒冷，会让很多人畏惧，红柯不仅不怕，还表现得极为喜欢。我转念一琢磨，这家伙是应该喜欢哈尔滨，（我知道他非常喜欢萧红）你看他那身段多像北极熊啊！据说，他在生活中也喜欢寒冷。上中学时他就开始洗冷水浴，至今仍如是；他上大学时，冬天一大早就到操场跑步，回寝室时端回一脸盆雪，然后，在寝室里脱光衣服用雪搓擦身体，弄得全寝室的同学都蜷缩在被窝里打哆嗦。

这次到哈尔滨，这只"红氏北极熊"真是威风八面。那天晚上，我们全体到太阳岛冰雪大世界参观。零下二十多摄氏度，当地接待方为我们准备了防寒装备，人人都武装到牙齿。红柯不用那些装备，就穿着他从西安来时的那身行头，到了冰雪大世界，大家一边兴奋地欣赏景致，一边被冻得乱抖，而红柯竟把外衣脱了，只穿一件薄毛衫在我们中间穿梭，大有扬威、卖弄之嫌。不过，看到他神武的样子，我们也只能心服口服。即使可以用嘴巴调侃他两句，面对他的身体我们还是气血两亏。

到哈尔滨的第三天，我们去二龙山滑雪，我问他：“你滑过雪吗？”“没有。”听到他说“没有”，我不禁窃笑。没滑过雪的人初次滑雪一定会摔几个大腚墩儿的。想想看，那北极熊般的红柯，穿着笨拙的滑雪服，在雪地上“扑腾、扑腾”地摔大腚墩儿，是件多么赏心悦目的事啊。可是，这红柯比北极熊还结实，摔了几次，不仅没看出痛苦，反而大呼过瘾。更过分的是，他把那套滑雪的装备除却后，竟蹦了起来，一脸春色地说：“现在身轻如燕了。”轻功可能就是这样练成的吧。

观其人如观其文，红柯的作品里也是充溢着理性、冷峻和轻灵的。

愿意读红柯的作品，无论是小说、散文还是早年的诗歌；愿意和红柯在一起，无论做什么。

城市记忆

我八岁离开哈尔滨。四十年来，我曾十几次回到哈尔滨。每次回来，都会看到我的长辈们更加地衰老，有的甚至已经离去，看到一些老朋友越来越陌生，看到市容在不断地现代化。不变的是承载了我孩童时许多记忆的中央大街和索菲亚大教堂等具有哈尔滨意义的建筑。每次我从哈尔滨回到北京，都有提笔写点什么的欲望，每次都因为自己的感觉不够完整或无法将自己的感觉表达透彻而罢手。

2008 年 2 月，应哈尔滨政府的邀请，参加“世界大学生冬运会”倒计时一周年的活动，我随中国作家采风团又一次回到哈尔滨。

此次回来，我的感觉有些异样。以前回来都是不断地寻找这个城市的变化，而此次我却在不断地挖掘脑海里的记忆。

太阳岛是每个来哈尔滨的人都必去的地方，我是例外的不情愿。我爷爷、奶奶的骨灰埋在太阳岛上，十几年前，开发建设太阳岛，太阳岛变成了名副其实的风景区，可我爷爷、奶奶的埋骨灰处就再也找不到了。这是我心里一直无法治愈的疼。尽管我不情愿，可每次大家去往太阳岛时，我还是与队伍同行。那天晚饭后，大家来到太阳岛冰雪大世界参观。那些晶莹的冰建筑和冰建筑里炫彩的灯，让整个景区像个童话世界或是一个少年的梦。我随大家参观了一段，发现路边有一处用冰雪包装起来的咖啡屋，我便离群独往。咖啡屋里静静的，灯光稍暗，只有一个营业员在静静地等待顾客。我坐定后，要了一杯咖啡，望着窗外闪烁的霓虹和缕缕行行参观的人群。咖啡屋密封得很好，使窗外只有影动而没有声来。安静，是我这两年最心驰神往的事。

静，有时是个陷阱，让人不自觉地掉进往事的迷宫里。

我在哈尔滨的往事不都是美好的。我七岁时，刚准备认识世界，我那高大的爷爷却猝然离世，接着奶奶也驾鹤西去。我的世界骤然空白了。从我记事起，我只有像母亲一样的爷爷和像父亲一样的奶奶。他们的离去是我至今还感到痛心的事。如果爷爷、奶奶再多活十年，也许我就是具有哈尔滨户籍的哈尔滨人了。

我又续了一杯咖啡，希望静的氛围再延续下去。躲开喧闹走进暗淡时，安静会把自己擦亮，把记忆点燃。

太阳岛完全不是我记忆里的太阳岛了。除了冰雪大世界是哈尔滨冬天的一大景观，夏天也真是个避暑胜地，绿树、长堤和松花江相映成景。前几年，我也是随作家采风团夏天来岛上转了几圈，已找不到我记忆里的任何图像，甚至觉得很陌生。其实，冬天的哈尔滨和夏天的哈尔滨是截然不同的。这些年，市区的变化也是很大，但那条写满传说和史实、用青石铺路的中央大街还容颜依旧，庄严肃穆的索菲亚大教堂风貌依旧。假设，把中央大街改建成宽阔的柏油路，把索菲亚教堂拆了，满城都是五彩缤纷、姿态各异的具有现代意味的建筑，那这个城市还能叫哈尔滨吗？这个城市还会有记忆吗？现在，有许多城市改建得让人们只能看见建筑看不见城市，更看不见城市文化的沿革。这样“空前绝后”的改建，应该是犯罪。

城市是人群记忆的延续，记忆是人群相互温暖的通道。今天的哈尔滨，人们能挺胸抬头地生活，是因为有这座城市的文化在滋养着。同样，哈尔滨也永远承载着我的记忆，永远埋着我童年的脚印。

两杯咖啡落肚，到了归队集合的时间。我推门走出咖啡屋，流光溢彩的冰雕和冷风一起向我涌来。这个晚上，我在静与闹之间来回转换，既让我在记忆里晦暗，也让我在记忆里自豪。这个晚上，也必将成为我在哈尔滨的又一次记忆。

停舟一望思无穷

有一则成语叫“了如指掌”。直观地解释，就是对自己的掌纹了解得很细致、很清晰。理论上说，因为自己的手掌离自己的认知系统很近，所以，应该每条纹路都铭记在心。其实不然，很多时候，离自己越近的事物越看不清楚，尤其是离自己很近的风景。

我出生在营口，记事时，盘锦是营口行政区划的一部分，与市区仅隔一条五百米宽的辽河。但那时，对盘锦知之甚少。小时候在辽河边玩耍，涨潮看水看船，落潮捉小河鲜，虽知道河对岸就是盘锦，但觉得那是很遥远并与己无关的地方。七八岁时，每到要过端午节，就跟着胡同里大一点儿的孩子一起到渡口坐轮渡去盘锦打苇叶，回来包粽子。我主要是跟着玩，打回来的苇叶也是送给邻居，邻居包好了粽子，送我家几个吃。那时，盘锦在我心里就是一片大芦苇荡。不过，即使是在芦苇荡里，我们玩得还是很开心，每次都是兴冲冲去，兴冲冲回。找鸟蛋，抓螃蟹，弄得一身泥浆。那时，去芦苇荡玩一次，会铭记一年。

直到上中学以后，开始有了带学生气儿的理想上的惆怅和情感里的忧伤，娱乐活动减少，打苇叶的活动才不再参加。不过，浩瀚的芦苇荡还是深深地刻在我的脑海里。那满身泥浆的嬉闹，是永远也不会忘记的快乐。

1977 年，我毕业分配到营口染织厂工作，染织厂就在渡口对面。星期天，我常和工友们一起骑自行车上轮渡，再骑着自行车到盘锦去闲逛。那时，就把盘锦当作营口的郊外。师傅、工友们买回些农副产品，而我仅是看——看淳朴的风土人情，看自在的飞鸟和市场上各种活蹦乱跳的鱼虾。每次在盘锦骑着自行车东走西逛，都觉得很惬意，觉得是到了一个离家很远的地方，骑自行车的辛苦早已被惬意掩盖。人总是喜欢到陌生的地方去，总觉得离家远的地方才有好风景，尤其像我这个常被书中各种虚设的景色欺骗得很深的人。

后来，我离开营口，到抚顺工作。偶尔回营口，一定要到辽河边走走，也一定向河对岸深深地看看，看那片芦苇荡，看芦苇荡上自由飞翔的鸟儿，看更远处稀稀落落的楼群……有时，也会想起在盘锦游玩的乐趣。但是，我清楚地知道，过去我所看到的盘锦，仅是挨着辽河边的一小条儿，并不是盘锦的全貌。

再后来，我到了北京工作。1993 年，我有幸被邀请到盘锦开会。那一次，我们参观了许多地方，包括辽河油田。

在辽河油田，我第一次看到了采油用的“磕头机”。我还酸酸地写道：“想在大地上索取美好，一定要谦逊地向大地磕头。”我曾这样认为：盘锦真是个好地方，农林牧副渔啥都有，尤其是还有油田，一定会把这个地方带动得富甲一方。那一次感触更深的是：盘锦人热情、热烈、耿直、豪迈。有一天晚上，我们一群诗人酒后兴致大发，在回宾馆的路上看到了天之高，野之旷，月之明，风之柔。我们纷纷唱歌、朗诵，在夜的深处放开喉咙喊几声真是神清气爽，心底通透。那一晚上，接待我们的盘锦朋友们一直陪着我们喝酒，陪着我们唱歌，陪着我们疯狂。

2007 年，我和朱零从北京开车回营口。我俩坐在辽河岸边，吃着小型水产品“波牛”，喝着茶。朱零问：“对岸是哪儿?”我说：“盘锦。”他想起了盘锦的什么人，而我想起了《诗经》里的《蒹葭》，想象着雪一样的芦花和站在芦花丛中面带娇羞的“伊人”。

2011 年，我又一次回到营口。

一天傍晚，我同学说：“辽河在原渡口附近修了一座桥，现在到盘锦几分钟就过去了。”我很惊喜，说：“走，过去看看。”我们开着车就上桥了。桥修得很壮观，既有传统的元素，也有现代的气息。我在桥上低头一看，辽河的水少了很多。我安慰自己：可能是落潮了。我们过桥，走进盘锦的辽滨新区。此时，我看到的盘锦，是流光溢彩的盘锦，是楼群错落有致的盘锦，是有着大都市气象的盘锦，完全颠覆了我少年时“芦苇荡”的盘锦，青年时“郊外”的盘锦，也颠覆了《蒹葭》的虚幻与遐想。这是实实在在的现代化城市，实实在在可以放歌的地方。

后来，我们驱车到湿地公园，又去看红海滩。夜幕下的红海滩，灰中泛紫，紫里透黑，是一块沉睡的铁，是魔术师遮盖秘密的毯子。

夜的特点是只把明亮处呈现，而被黑遮盖的那些部分，一定藏着魅惑的力量。

我们身在盘锦的夜色中，我的身体也忽明忽暗。离开家乡的人，永远想家。在家乡久居的人，总是想把头探向窗外更远的异乡。面对盘锦的芦苇荡，我突然想起白居易的《风雨晚泊》：

苦竹林边芦苇丛，停舟一望思无穷。
青苔扑地连春雨，白浪掀天尽日风。
忽忽百年行欲半，茫茫万事坐成空。
此生飘荡何时定，一缕鸿毛天地中。

回营口的路上，我就想：“盘锦真是个好地方。距离现代的灯红酒绿、滚滚红尘只有一步之遥，距离原始的自然、隐逸的田园也只是一步之遥。这不是诗人们最理想的居住地吗？当晚，我写了一首小诗。

盘锦在歌唱

风吹芦苇不是歌唱
红海滩的热烈不是歌唱
石油滚滚不是歌唱
海潮拍岸不是歌唱
鸥鸟的鸣叫也不是

真正的歌唱

是一个城市铿锵地崛起
是这个城市的百姓面容安详
是陌生人对这个城市主动地爱

这两年，也接到过去盘锦的邀请，但都因故没能成行。我依然安慰自己：没去仔细地看盘锦也好，像自己的掌纹，真的清清楚楚地记住了，会失去许多向往与设想。

但是，人间的许多事都无法预先设定。有些充分准备的事，真的来临时，依然会措手不及。2014 年是盘锦建市 30 周年。这年 7 月，突然接到邀请去盘锦采风。接到这个邀请，我首先是很纠结。盘锦从我的家乡营口划分出去，已经 30 年了，我还要为之庆祝、歌咏；可转念一想：我这是矫情啊！这种狭隘的家乡情结，把我几近荒唐的幼稚和书生的迂腐暴露无遗。重要的是，我竟忘了：普天之下，莫非国土。况且，盘锦与营口是被同一条河水哺育成长的。

营口是我的出生地，是我情感深处的 DNA。辽河是我的血液，在我身体里日夜流淌。而辽河入海口，是营口和盘锦共同拥有的骄傲。

我们一行作家来到盘锦市，走宽阔、笔直的向海大道，看市政，看工矿，看太阳下的红海滩。看得心生喜悦，看得遐思无限。我不由得心生嘀咕：河对岸的营口，现在建设得咋样了？可别落在盘锦的后面。

最让我惊喜的是看到了位于兴隆台区的“辽河美术馆”和现代工艺创意园的“梦工场”，真是大手笔，真有大气象。

走进这个区域，就被浓浓的艺术氛围所拥裹。那一幅幅透着强烈地域特征的画作，那一件件表现人类创造力、想象力的艺术品，不得不让人赞叹。同时，我为盘锦市政府大胆引进艺术人才，大力建设城市灵魂的做法而折服。

一个城市盖起一座地标式的建筑不难，难的是让一座建筑具有厚重而丰富的文化含量；难的是让一座建筑名传千古；难的是让一座建筑成为一座城市的灵魂。我国有四大名楼，这四大名楼不是建筑得美观或样式特殊，而是有人赋诗在上头。蓬莱阁、滕王阁、岳阳楼、黄鹤楼，都曾无数次地倒塌、被烧毁，有的还经历了无数次重建，因为，诗文在，楼就得在！

通过看兴隆台区的“梦工场”，我似乎看到了盘锦人的“野心”，看到了盘锦政府欲要利在当代，功在千秋的决心。

紧凑的两天采风结束，我们坐上火车返程。在火车上，随着忽忽悠悠的节奏，我睡着了。梦里，我是一只暂停飞翔落在红海滩上的鸥鸟，忽而，又变成了一幅画或一件工艺品，挂在“梦工场”的墙上——醒来时，火车已到北京。我揉揉眼睛，反刍着梦境，喃喃自语：我把盘锦带回了北京。

商场与广场

写下这个题目，就想起欧阳江河的那首名诗《傍晚，穿过广场》，顺便就套用改写几句：一个没有人头攒动的地方不能叫广场；一个不能包罗万象的地方不能叫广场；一个不能给人们带来欢乐的地方不能叫广场；一个不能让人怀念的地方也不能叫广场。

一个国家不能没有广场，一个城市也不能没有广场。古今中外许多事例证明，广场常常是一个城市中风云际会的地方。我在课本中读到的和记忆中的广场有很多。有那么几个广场上发生的事，曾触动了我的灵魂，甚至改变了我的人生观。

2005 年冬，我随中国作家采风团到过哈尔滨的一个地方，那里也叫广场，叫某某广场，其实是个巨型商场（占地近 40 万平方米）。所谓广场，就是能够聚众。聚众可以是有目的的，也可以是无目的的。这个巨型商场完成了广场所应有的这两项功能。而且，在巨型商场里，我们还可以看到当前许多领域的进展状况。可以了解现代生活使用了多少先进的科学技术、有怎样的大胆设计等等，巨型商场都会把当下性明白而堂皇地展示给你。那天，我随着如潮的人流认真地逛了一次这座叫作广场的商场。我在40岁以前，很讨厌逛商场，休息日偶尔陪老婆去购物，也是我蹲在商场外墙角处抽烟。40岁以后由于职业需要，感到了时尚与流行对自己的压力，才主动地去逛商场。我觉得，巨型商场本身，就是现代科学技术与时尚艺术的浓缩展示厅。人行走在其间，很像一次没有导演的行为艺术。在商场里，你的身边不一定是纯粹的艺术品，但大多是一些有艺术灵感的商品。在这样一个令人眼花缭乱的环境里，会很快丢失个体的空寥与寂寞，一种兴奋、一种快乐，会悄悄地占据你的心头。

商品社会，首先是商品的日新月异，然后才是社会的发展。一个人对商品的认知程度，决定了这个人对社会的认知程度。

无知是可怕的。我真的害怕时尚与流行摆在面前时，我会目瞪口呆。商场是时尚与流行教育的课堂，融在商场的人群里，是治疗自卑、无知的良药。

广场常常是磁场似的开放式的课堂。可以更新已知，更能教育无知。

流行与时尚以潜移默化的姿态成为都市人必然要经受的教育之一。一个人经常逛商场，即使没有购买商品的行为，他也能够最近距离地接受最新的流行信息与时尚概念。

哈尔滨的冬天是很冷的，那种冷是纯粹的、清澈的，是俊朗的冷、掷地有声的冷。冷得宽阔，冷得通透。人在这种天气里，会自然地清洗掉那些无指向的喧闹与暧昧。我觉得，人大多时候应生活在单色调里，单色能让人专注，让人宁静。这家叫广场的商场门前，矗立着一棵据说是亚洲最高的圣诞树，高达36米，这棵树是为热闹而建的，人们都说这棵树“大气、洋气、灵气”，而我却看到了这棵树孤傲的宁静。（凡是习惯用

“最”等极端字眼的人和事都是不自信的，是令人生疑的。）

宁静不是独处，不是孤零零；宁静是“独倚望江楼”的专注，是“一览众山小”的孤独。逛商场就是需要这种专注和孤独。（孤独不是孤单，孤独是“荷戟独彷徨”，孤单是只身孑影。二者相距有南北两极之遥。）

巨型商场是个魔谷，是个美丽的陷阱。有哲人说：精致的商品，充满形而上的微妙和神学的怪诞。

逛商场像吸毒，几次就上瘾。我经常奚落我老婆，说她进了商场就像活鱼找到了有氧的活水。

巨型商场的包容性是从形而上到形而下的。它不仅展示着各种商品，还在满足着各种人的心理需要。都市里的贵族并不是很多，但奢侈的百姓确实不少。商场把人们生活的一切需要都展示出来，也把人们生活中物质与精神的“必需品”这一概念放大，所以各种人都愿意到巨型商场里寻找自己的“必需品”。同一种品牌的服装可以穿在不同阶层的人身上，使包装这一词汇有了最具体可感的意义。

生活本身是简单的，而生活中的人们有着不同层次的需要，对生活质量有不同的要求，这些不同体现在不同的商品上，在巨型商场里能用简单的购买行为来完成自己现实的需求。我们无法拒绝巨型商场为我们展出的无数“必需品”。就像我走在这家巨型商场的广场里时，似乎听到各种商品对我说：“你原来的生活方式是不够完美的，是不够显示你的生活质量的，所以，你应该进行这样或那样的改变。听我们的吧。”

人的一生往往都是在找“感觉”，找一种个人艺术品味和商品需求之间的平衡。我们不断地被刺激，总是在寻找最适合自己的东西。不断地寻找，用一次次失败、后悔作为下一次寻找的教训，而每一次的欣喜、收获会成为最大的动力和奖赏，使得我们在选择中做着无尽的梦。

走在这家充满诱惑的广场里，像走在梦里，走在风景画里。

这是时代的商品艺术的殿堂。在这里，艺术是用来表现美好，吸引人们注意力的。我走在这座“殿堂”里，没有了批判、反思的能力，甚至没有了什么独立的自我。在款式各异、色彩纷呈的服饰阵里，感觉自己就是那个穿着“皇帝新装”的人。

商场越大，越能找到我们自己的原型。从概念到行为，从理想到实际，我们的日常形象常常是商品在我们身上的表现。

这家广场之大，各种功能之全，购物环境之好，是我过去没见过的。当我走出这家广场的时候，潜意识提示我，在仙境似的陷阱里，我又被教育了一次。

哈尔滨的户外依然冷，我的心里却一直葆有从这家广场加注的暖。我想起哈尔滨的冰灯，那是一种炽烈的火在冷峻的冰中晶莹而嚣张地燃烧所形成的艺术品。

般若与南无

般若与南无是佛经中的常用语，是梵语的音译。为什么是音译而不直译或意译？我无法给出准确答案，但我觉得用音译至少保留了该词的原貌，也使这个词更耐人寻味。

东莞的观音山并不高，海拔不过500米，山腰有一处平阔之地，坐落着一尊宏大的观音菩萨塑像，此山现在的得名肯定源于这尊观音菩萨塑像。我们乘车上山时，一路看到如织的人流步行上山。观音菩萨塑像周围人头攒动，一个硕大的香炉里插满香烛，香烟滚滚，弥漫四周，走动的人群真像是驾着祥云。我站定，深深地望着慈祥的观音菩萨，默念："你老人家就是为了解除众生的烦恼才来到俗世的，可天天都有这么多人来找你，你坐在那儿真是不动声色地累呀。"我没跪拜亦没作揖。我习惯用意念拜佛，心到神知。不过，在佛家的众神里，我更喜欢那个被称作济公的道济和尚，修心不修口，修德不修形。我认为修心就是修善良、修忠诚、修敬畏。心境修好了，德行修好了，身形怎样不羁也是树梢摇摆而根本不动。

我深望一会儿观音菩萨，看了看身边熙攘的人群，便沿甬道向前走去。没走几步就看见右手边栏杆的铁链上挂着密密麻麻各式各样的锁。这种锁我在多处见过，泰山、黄山、华山等等，这是恋人或夫妻买把锁锁在此处，然后将钥匙扔到山下。此锁名曰：连心锁。其实人们只是想借一个“锁”字，锁住对方，锁住家，锁定一生等等。在别处看到此锁，我有感慨，但不惊叹，而在观音山看见此锁，我着实为挂此锁者担心。需要怎样的勇气与决心才敢在观音菩萨面前挂“锁”？因为，我一直认为在菩萨面前是不可以打诳语的。观音菩萨就端坐在那里看着，虽然慈眉善目，可他老人家心里有数，拯救当救之人，也惩治该治之鬼。两个人把锁锁上了，若一人只是应付，下了山，转过头，心变了，自行解锁弃信了，那骗的可不只是对方，还骗了观音菩萨他老人家呀。

那些锁上都有一张纸条，纸条上写着“相爱一生一世”之类充满理想色彩的话语。与我们一路同行的有从维熙夫妇，从夫人是位大夫，她看着这些锁这些字，就笑着对我们说：某人之妹，夫妇俩到只有一条路的华山去，锁了如此这般的一把锁，也把钥匙扔到山下，然后，一方说，锁是锁了，该离我们还得离。

从夫人说完，大家会心地一笑。

是呀，爱情能锁吗？

爱情究竟是什么？形而上？形而下？我觉得很多人忽略了爱情是什么而很在意爱着具体的什么。从那些字条的字迹看，我认为女性的字迹多些，因为女性更在意具体地爱什么。在中国几千年的历史中，女性一直沿袭着“嫁汉嫁汉，穿衣吃饭”的理念。“穿衣吃饭”是生存的保证，所以在古代，女人一向以男人为主人。夫者，天出头也。这种对男人的依赖，肯定不是爱情。有一句常说的话：男人要通过征服社会而拥有女人，而女人要通过拥有男人来享用社会。看看，男人要的是社会的承认，而女人要的是男人的认可。女性，尤其是处于青春期的女性，常把感情和身体搅和在一起，当作投资或赌注，可投资和赌博是有巨大风险的，更多的女性不会考虑输，只想着赢，而且是风光地赢、浪漫地赢。所以，一生一世，至死不渝之类的海誓山盟大多出自女性之口。于是，女性对待"爱情"就更坚决，更歇斯底里。似乎，她们只有两条路，要么得到，要么死。于是可以"凄凄惨惨戚戚"；可以"日日思君不见君，共饮长江水"；可以"山无棱，江水为竭，冬雷震震，夏雨雪，天地合，乃敢与君绝。"真是感人肺腑，荡气回肠。可这只是女人一厢情愿地买了把锁呀，而且是锁得住锁，锁不住也要锁。

爱和获得本是毫无关系的。如果一定让它们有关系，那就是：你不断地得到之后还觉得在想他，也许这时才是真爱。

我们说：高尚的爱是我爱你，并不在意你是否爱我。

我们说：完美的爱是两瓣花，一瓣写着"我爱你"，另一瓣写着"你爱我"。

女人如花，男人也是花。花期焉能锁乎。

女人的爱情常常如花，若仅是梦中花还算好，醒来就会迎接俗尘的风；若是从梦中坠入镜中花就惨了，她转过头去一定要找到镜子外边的那一朵花，当殚精竭虑地找到的不是花或与梦中镜中的花判若两花，那时凋零的不是想象中的爱情，而是自己的心灵与身体。

假花可以骗过急于寻花人的眼睛，可绝对骗不了蜜蜂。

女人善妆饰，这本身就注定了她所追求的爱情也必然带有妆饰的成分。为悦己者容，为己悦者容，足以证明女人在爱情这场大戏中的角色是被动的，不自信的。我本人就很害怕被化妆品遮盖住的脸。

我更相信许多男人爱花爱的是昙花，那个“在天愿作比翼鸟，在地愿为连理枝”的皇帝，感到自己的宝座不稳时，立刻就把“鸟”啊“枝”啊斩落马下。男人一生的主要精力是用于获得他的社会位置，而不是“爱情”。有几人能如范蠡携西施大隐于世？更有几人能像司马相如和卓文君私奔归田？

中国人歌颂的爱情都是悲壮的，是不能在一起厮守过日子的。牛郎织女得隔河相望，梁山伯与祝英台得“化蝶”，还有“孔雀东南飞”等等。

爱情确实太需要一把锁了，不然，人就总是处在情感的狐疑与恐慌之中。而真正的锁，应该是求同存异的谅解与包容，是双方相互的敬重与欣赏。任何一方对另一方的依赖或猜忌都是不可靠的。

时时害怕自己掉入地狱的人，其实已经身在地狱里了。

风在动，真心不动。色有雅俗，空无真空。在爱的世界里只有两个元素，真和美。世俗的风怎样肆虐都可以被时间吞噬，而心中揣定了真和美，就会像观音山那座观音菩萨塑像一样，任凭风云际会，我自端坐如山。

爱情是个精灵，锁爱情的那把锁也应该是个精灵。凡俗之物，如何锁得住精灵？

观音山上的锁，是否是精灵呢？我不得而知。不过，我愿意在这里解释一下梵语的“般若”和“南无”。（不一定精准）

般若：就是从此岸泅渡到彼岸。

那些在观音山上挂了锁的人们，是否决心携手从人生的此岸泅渡到彼岸呢？人生之海，爱情之海，均是波谲云诡的苦海，没有我不上天堂谁上天堂的决心与勇气是无法双双“般若”的。

南无：就是敬畏与皈依。

爱着的人，能互相地皈依，互相地敬畏，获得“般若”应该是顺理成章的事。

想起一句有佛经意味的诗：让春天走吧，有一朵花的形体与香味已在我心中永恒。

路　遗

这是我今年第一次看到蝴蝶，在云南的漾濞。

一只白色的蝴蝶，轻盈而优雅地在我眼前舞动着双翅。它白得洁净，白得夺目。我喜欢白色。我一向认为白色是最丰富的色系，它蕴藏了天下所有的色彩。

这只白色的蝴蝶，像在逛花园，像在独自散步，在漾濞的这条千年茶马古道上，优哉游哉，翩然跹然。我的目光追随着它，一直到花草的深处。

我是专程来看这条千年古道的。当地人称“老街”。

有人迹的地方，就会有路。有人迹有路，就会有历史；有历史的路，就会有让人心动的故事，就会提示今天的人们应怎样走路、修路、护路。

我喜欢读史，读史是为了知今。

有一幅中国历史上所有茶马古道的线路地图，其中一条是由中原至昆明再至漾濞再至缅甸、印度。现在，我脚下的这条路，就是上边说的那条茶马古道保存最好的一段——漾濞段。

路面的石板随处残留着历史的痕迹，路边的建筑依稀可见当年的繁华，甚至可以想象当年这里人喧马嘶驼铃响的景象。这段老街，曾经是个街市、驿站。可以肯定，中国历史上发生过的事，都曾经在这里风云际会。

走在这样的老街上，并不是要刻意去挖掘那些被炒热了放凉了再炒热再放凉的故事。我一直认为，历史上所有古道、街市、驿站的故事都是大同小异的，只是人物、场景不同，细节略有所别而已。至于那些故事的社会意义、教育意义早已成为常识，“三尺小童即可背诵”了。

我走在这条老街上，一是想看看那些“衣上征尘杂酒痕”的马帮伙计们，当年走的是什么样的路；二是体会一下“今人不见古时月，今月曾经照古人”的意境。

其实，路就是路。只是历经了千年，便成了风景。成了风景，便有人来游览，便有我这等文人墨客神经兮兮地来发感慨。路，是不会理睬我这等人的感慨的。路听到的东西太多了，看到的东西也太多了。路把耳闻目睹的事都记录下来，却不会去传播。路珍藏着所有的风花雪月、刀光剑影。也许，那些不能言传、能被永久珍藏的东西，才是最真实的。

路，一直都是被动的。鲁迅先生说：“走的人多了，也便成了路。”人们最初“走”出路来，是为了生存的需要，或叫经济的需要。后来，路的用处多了，人们又强加给它政治、军事、文化等方面的意义。

站在漾濞这条老街抬眼向山上望去，就能看到另一条盘桓在半山间白练一样的路，那就是被誉为抗日战争生命线的滇缅公路。那条路是专为抗日战争修的供给线。当时，老百姓用最原始的方法修建成了最难修建的路。三千里公路，用三千条人命换来，为了一个民族的存亡，这里的老百姓用最平凡也是最珍贵的生命来修那条路，护那条路。那条路已载入战争史、民族史和筑路史。

想富，要修路；想生存，也要修路。

路，总是一些人在修建，一些人在毁坏。一些人在路上走过，一些人在路上倒下。从路上走过的人，会铭记自己的脚步；在路上倒下的人，就永远被铭刻在路上。大部分的路都比人的寿命长，所以，人们常常会记得这样或那样的路，而在路上走过或倒下的这样和那样的人，随着时间的磨蚀，就渐渐地模糊，以至落花流水了无踪影。

现代人不太注意读史，一是活的现实，眼前的事常让人目不暇接、措手不及；二是活的轻松，认为历史的事都是“莫须有”的，明天也可以莫衷一是。这不是现代人的错。我们的历史常被“颠倒过来再颠倒过去”，人们不知该信哪一句。还有，现代生活的节奏太快了，每天紧张地学习、工作，仍然觉得自己落后。

历史是无言的，人若刻意地搬动，就会有是非，就像路。

站着的人，走躺着的路；躺着的路，承载着人类的所有悲欢。

“马上相逢无纸笔，凭君传语报平安。”“古道西风瘦马，夕阳西下，断肠人在天涯。”“烽火连三月，家书抵万金。”“春风知别苦，不遣柳条青。”……这些与路有关的诗句，读来都是让人“怆然而涕下”的。

漾濞老街的一端是漾濞江，江上一座铁索桥名曰“云龙桥”。人走在桥上要上下左右地摇晃。桥是路，而且是更为生动的路，尤其是这种摇摇晃晃的桥。常有老人对孩子说：“我走过的桥比你走过的路都长。”老人说的桥，大概就是这种摇摇晃晃的桥。没有生活经验的孩子是不懂得路会摇晃的。历史告诉我们，那些被称作政治、军事、经济、文化要塞的路，都是摇摇晃晃的。

云龙桥边有一个小日杂商店，店主人是一对中年夫妻。我们一行人走累了，在此小憩，买几瓶水。这对夫妻听说我们是外地人，是专程来看老街和云龙桥的，便把家里能坐的家什都搬出来让我们坐。一时，椅子、板凳、马扎摆了一排，还把自己家树上的果子、坛子里腌制的梅子拿出来让我们吃。我们一边感谢，一边大为惊诧："此地民风依然如此淳朴。"

路是旧的，人是新的。老百姓的生活态度几千年始终不会有太大的改变，尤其是在这远离灯红酒绿的山区。

漾濞江依然不舍昼夜地流着，茶马古道依然素面朝天。我沿着这条老街往回走，又看到了蝴蝶，是两只。是两只色彩绚丽互相追逐的蝴蝶。有人看到蝴蝶就会想起一些浪漫的事或悲壮的事，而我，只想到了青春。

这千年老街上有彩蝶飞舞，就会有青春的脚步。

老街不老，老的都是那些"身与名俱灭"的人和事。

回头未必不芳草

有一则寓言似的故事：有一个人总觉得自己家以外的世界很精彩，外边的风景一定迷人，于是就离家出走。一边走还一边叨咕，人生的美妙之处，就在于不断有新的刺激与新的追求。他走啊走，走了一处又到一处，有些精疲力竭了，到了一个地方，发现这里很亲切、很舒适，于是停下来定睛一看，哦，原来地球是圆的，我又回到自己的家啦。

这种经历是时下许多人都体验过的，尤其是那些离了婚，又再与故人重归于好的人。

我从不对离婚持有异议，我认为离婚就像人生病了要去看医生一样正常，或者是把强贴在信封上的邮票再撕下来。我不想讨论离婚的种类问题，只想说，是否所有离了婚的人都是“一无返顾”，都与前妻（夫）藕断丝也断。

在中国，离婚不仅是两个人的事。我们这个民族受儒、道几千年的思想教育，骨子里都长满了“忠孝仁义”“相夫教子”的意识。所以，离婚就要受到父母、亲朋、单位尤其是婚生子女的制约。据我所知，有许多离异后又重归于好的双方，都异口同声："为了孩子。"

我有一极好的朋友Q君，离婚后和一个比他小很多的女孩及他的婚生子一起生活，他本想通过一段时间的磨合，让孩子与这位候补女主人产生一些感情，可情况恰恰相反。刚开始，生活还算平静，可仅两个月，情况变了，孩子开始用他生母的优点来比较"候补妈妈"的缺点，于是开始恶作剧。有一次"候补妈妈"煮好面条，往餐桌上盛时，却从锅里盛出一个电视遥控器。"候补妈妈"明白了，对Q君说："我能给你爱情，却不能给你正常的家庭生活，我还是走吧。"Q君很沮丧，也很无奈，女朋友走了，理想的爱情受到现实生活的严酷打击，他开始反思。

人世间真的有实实在在的爱情吗？这种"二度梅"的爱情能带来孩子的健康成长吗？若不管不顾随爱情鸟飞去，是不是会成为千夫所指；会不会除了爱情鸟就一无所有？他拍打着自己的脑袋，低头了。在他孩子的要求下，他又接回了前妻。一段时间后，我问他："过得怎么样？回头草感觉如何？"他深有感触地说：前妻很实际，生活过得踏实，虽然没有女朋友那么浪漫，但是生活的内容还是油盐柴米醋；更重要的是孩子的情绪很稳定，学习成绩也很好，我也不那么累。

面对Q君的这件事，我们有些朋友替他拍大腿惋惜；也有些朋友竖大拇指称赞。其实，现实生活对精神生活的破坏与逼迫是古今中外皆有的，"化蝶"和"孔雀东南飞"不是家喻户晓吗？所以明知是地雷，何必踏响它？

离异了再和好，情况是各异的。但有一点是相同的，那就是双方相互都比较了解，都能包容对方的缺点。

我觉得，离婚了再和好，是一次婚姻的革命，是离异双方对感情生活和现实生活的再认识。从现实生活的情况上看，离婚的事，是无可避免的；因为人在青春期时谈恋爱，是很容易犯错误的，离婚是对青春期错误的更改。改正错误的方式有很多种，但复婚未必就不是一种好方式，尤其是对已有了孩子的双方。复婚能免去再次恋爱的失误，复婚能双方齐心协力共同担负起抚育孩子的社会责任。当然，复婚可能对某些人的精神生活带来残酷的伤害，但是“乌托邦”毕竟是“乌托邦”，现实生活就是锅碗瓢盆的现实。

我不想回避一个现实，就是无论男人、女人，见到让自己心仪的人，难免怦然心动，（有人说，男人看到美妙的女人，若不心动就不算是好男人。）但我觉得，一个有家庭、孩子、婚姻约束的人，应沿着一条大路走下去，路边有些花花草草风风景景可以停下来看看，也不必责怪那些因一时心动走下大路玩耍一番的人，只要他能回到那条大路上继续往前走。

这条大路是双方最能放得开手脚的路。“安家立业”，安家是立业的保障。

有道是：“天涯何处无芳草”，我认为回头未必不芳草，只要双方以自省、宽容、奉献为怀，“回头草”是双方再恋爱的捷径。当然，双方若已有“深仇大恨” “咬牙切齿”则另当别论了。

芳龄五十

子曰："五十而知天命。"何谓"知天命"？每个人的理解不尽相同。前些年，我觉得五十岁离我还很遥远。那时去参加一个朋友的五十岁生日宴会，这个朋友端着酒杯满脸无奈与沮丧地说："五十岁了，大半辈子了，'五十而知天命'，什么是'知天命'？就是剩下的时间只能听天由命了。"因是酒桌前，大家七言八语。有人说："嗨，咱就是尽人事，听天命嘛。"我记得我曾抢着说："知天命，就是上天怎样安排你的命你已经知道了。"接着嬉笑一堂，再没有探讨何谓"知天命"。

现在，我五十岁了，就想探究一下"知天命"。首先问：有"天"乎？答案肯定："有。"《三国演义》里有一段说，天有头有尾还有姓。这个可不做参考，因为那是孔明在强词夺理。可我们日常里遇到惊悚或惊喜的事都会不由自主地喊一声："天啊！""老天爷啊！"足见，我们每个人的头上确实都有个"天"。这个老天爷每时每刻安排着每个人的吃喝拉撒睡、职业、住房、婚丧嫁娶、恩怨情仇等等等等，无所不包。这个老天爷不知拿多少钱的工资，每分钟都要料理万机（可能不止万机）。但是，人一过五十岁，老天爷就不管你了，老天爷认为你都五十岁了，该知道怎样安排自己的命运了；就像孩子长大了，成家立业了，父母就不再操那么多心了。如果人过了五十岁还不能安排自己的命运，老天爷也就放弃管你了，让你像漂在海里的无帆无桨的孤舟，漂到哪儿算哪儿吧。正常的人五十岁，老天爷是不再操你的心了，但还是要时常地提醒着你要替天行道，监督着你别自作聪明，别乱人伦，毁公德，别“犯天条”，否则，天会回过头来惩治你。所以，我觉得五十岁是：懂天道，知己命。

天道无须多言，己命须清醒地认识。

人过五十岁，自己究竟有多少斤两要清楚；自己是铜是铁要清楚。简言之，你在某方面有过人的造诣，就可能很快地自然地成功；若没有，就别勉强了。社会上，我们常见一些忙碌了一辈子都一事无成的人。有人会问，范进怎么六十岁会中举？我可以肯定地说，范进在五十岁的时候就知道自己一定会中举才下定决心发愤的。也有不到五十岁就清醒的，比如陆游。陆先生四十七岁那年，由南郑被调至成都，到了剑门关，仰天自问，实际上却已道出了自己五十岁以后的身份，“此身合是诗人未。”陆游四十七岁“知天命”是正常的，因为诗人本身就应具有先知先觉和预判的能力。在唐朝以前，诗人和巫师常常是一个人。

我在四十七岁时，也想给自己下个判词：“此身只合是诗人”，但那时我是职业编辑、业余诗人。现在五十岁了，这个判词就必须是：“此身只合是编辑”了。诗，还要写，业余写。

做编辑挺好，让我懂得规范言行，心智不偏；业余写诗也挺好，让我内心葆有童话般的情趣。

五十岁是自然来临的，不必撒娇一样地抱怨土埋半截了，也不能为老不尊地用年龄做遮羞布。五十岁是在公路上正常行驶的车，别超速，别越线，一路上你该得到的、该看到的都会自然来到，会安安全全地到达终点。

老天爷对我的嘱咐，我听得很清楚：规规矩矩做编辑，心有情愫交给诗。

天赐男人主动权

夫妻间性生活的事要公开地在报刊上讨论，这确实是现代社会文明的标志。至于我，这个社会中的自然人，无论是因为披着文化人的外衣，还是具有文化人的内核，我都应允了编辑对我的邀请。

夫妻间的性生活应该谁主动？在编辑未向我提出这个问题前，我根本没认识到这是个问题，可认真地想一想，现代社会生活中，人与人之间的关系越来越趋向简单化、明朗化，唯独夫妻关系越来越深奥，越来越难以言明；尤其是现代中年夫妻的关系，越来越微妙。许多妻子要用许多心思来关注丈夫的言行举止，也有许多丈夫用许多时间来注视着妻子的行走坐卧，这实在是夫妻间的一种艰难。除了社会的外部因素外，最重要的还是夫妻间的内部因素。我觉得就今天的话题而言，夫妻间性生活的频率与质量，是衡量夫妻关系的一把重要尺子。因为，性生活是上帝赐给夫妻的一顿盛大而丰美的晚宴，吃得好坏，决定着夫妻的精神与身体的饥饱程度。

夫妻间的性生活应该谁主动呢？历史说，当然是男人。

从中华民族的传统意识、审美习惯看，从我国历史的沿革过程看，男人一直是各种事物的主宰。从夫妻间的地位上看，丈夫也一直是各种动作的发出者和支配者。

封建皇帝占有三宫六院七十二嫔妃，嫔妃们只能被动地等着皇帝来“幸”，而绝没有主动的权利。一般的富贾也占有三妻四妾，妻妾们要看富贾的眼色行事，想主动吗？想！可不敢，因为不具备权利。即使是一夫一妻的平民百姓，丈夫也是一家之主，是妻子的占有者，妻子也基本不具备主动的权利。有一本小说叫《金瓶梅》，书中写了一个非常主动的女人叫潘金莲，她想占有男人，结果被骂作淫妇，这一骂便流传千古。（悲哉女人！）所以，男人被历史地赋予了性生活的主动权。

从心理、生理上说，男人更具备主动的条件。

男人的活动大部分都具有社会性，都是呈现给外部世界让别人看的，具有炫耀性和支配性，就像露于体外的生殖器具有炫耀性一样。造物主为什么把男人的生殖器悬于体外呢？是不是要赐男人以侵略性？是不是要赐以无鞘之剑可随时出击？说白了，仅生殖器的位置就说明了老天给予男人的权利——性生活的主动者。这也使得男人一直保持着心理优势：性生活是我占有的，我要则有，我不要则无。而且以占有得广泛、深入为豪。所谓“大男人”之“大”，大概与以上因素有关吧。

随着现代文明的发展，夫妻在社会生活中的政治、经济等地位趋于平等，男人的心理优势，尤其是占有欲被渐渐消解，那么，夫妻间的性生活该谁主动呢？

男人。还是男人。

中国由封建社会转入现代的文明社会太快了，人们的各项准备不足，于是社会本身和人的心理上出现了许多畸变。此时的男人有被妻子占有之感。若丈夫出差外地或夜不归宿，或者是子夜才归，妻子就不放心了，有的甚至明察暗访，生怕丈夫“主动”了别人。若丈夫在家主动放弃对妻子的性权利，时日一久，妻子受的不是生理的煎熬却是心理的煎熬。有一则类似民谣的顺口溜很说明问题：“出门在外，老婆交代：少喝酒，多吃菜，见着小姐不要爱，爱了也别带回来。”可以肯定此类妻子严重地心理失衡；同时，也看到了妻子具有母性的宽容。（悲哉女人！）所以，男人不想“后院起火”，不想被妻子明察暗访，不想“一个买柴烧，一个担柴卖”，就得主动。用主动，证明你对爱情对家庭的爱与责任；用主动，证明自己没有发生过“水土流失”事件；用主动，掩盖“外面的世界很精彩”。当然，今天的男人要比 20 年前的男人难做得多，因为今天的男人除了还拥有一定炫耀的优势外，不再拥有对妻子对性生活占有的优势。

综上，为了社会生活的平稳，为了家庭生活的安定，男人不能也不应该放弃性生活的主动权，或者叫男人的权利。否则，怎么对得起历史，对得起造物主呢！

醉　酒

善喝酒的人，大多有过醉酒的经历。我本人就常常喝醉，而且我还经常在酒桌上向酒友们发表我的谬论：“众人皆醉我独醒者，此人可疑。众人皆醒我独醉者，此人也可疑。”“一个不敢喝醉的人，肯定是个包装得很严的人。”

我有一位老师级的挚友，年近七旬，退休后，尤其是近两年极为善酒，且每逢喝酒必求醉，若不给他喝足或不让他醉，他便拍桌子骂娘，弄出许多尴尬。现在我们想他却不敢去见他，怕他邀我们喝酒，只能对他敬而远之。时间一长，他便打电话给我们，先是用情感逼迫：“你们都不想我这个老头子了。”后是用酒挑衅：“我现在杯中无对手啊。”这位先生为什么求醉，我是心知肚明的。他一生干事认真，待人真诚，情感丰富，在他的行业里他的功绩多多，可他认为直到退休，他也并没有得到自己应得到的那些。所以，现在无所顾忌地喝酒，且从生理需要发展到心理依赖。

我认为善醉者有几种人，一种是无大的理想，无大的生活目标，日子平平，庸庸碌碌，行尸走肉般地活着，靠醉酒给自己带来一点刺激，用酒精证明自己是一个活着的人。这种人可怜、可悲也可恨，因为他们酒醉之后，常常犯一些低级的社会错误，会招来众口一词的“讨厌”。此种人的酒醉，我命名为“肉醉”。

还有一种人，平时可能是闻名遐迩的人物，顶天立地的汉子。他们有知识、有思想、有身份、有成就，甚至还有一群拥戴者，然而，当他们面对知己或遇上完全可以放松，可以打开心扉的朋友时，便毫不设防地喝起酒来。说着聊着，就开始用酒醍醐灌顶，在不知不觉中喝醉。醉后便是滔滔的倾诉，所倾诉的内容，都是从心底最深处掏出来的，都是窖藏了多少年，剪不断，理还乱，发了芽，长了枝，一提就心酸，不提还心疼的情感故事。有“此情可待成追忆”的——要醉；有“山盟虽在，锦书难托”的——要醉；至于爱到不能爱，聚到终须散——更得醉。此类人醉后，目光僵滞，神情木讷，咬牙切齿，捶胸顿足，自己跟自己较劲。大多都会感叹，唉，“恨不相逢未嫁时”啊。这种醉，当然是醉翁之意不在酒了，我觉得这种醉可定为“情醉”。

还有一种醉是心理失衡引起的：涨不上工资，没拿着奖金，分不到房子，孩子没考上学，生活过得没别人好，甚至是邻居买了汽车，同事娶了小媳妇等等。这种醉是用酒来发泄，醉一通，骂几声，睡一觉，天一亮照样上班；只是心里常骂自己：真没用，谁都比我强。我认为这种醉可视为“志醉”。

无论是哪种酒醉，都与喝酒人的生活、环境，情感经历有关，“酒不醉人人自醉”是老祖宗总结出来并放之四海而皆准的道理。

《增广贤文》上说：若要戒酒法，醒眼看醉人。我认为此话有误。我曾多次在滴酒未沾时，接到朋友的电话，让我去酒店将醉酒的朋友接回家，见到酒醉的朋友，其状态极为邋遢，与平时判若两人，确实令人生畏生厌，但我更生怜；同时我并未因此而害怕酒醉，也不反对酒醉。想想看，人生得意处只有一二三，而不得意处却占七八九，这七、八、九的不得意，当如何了断？能和谁较劲呢？自己把自己灌醉，尽管有逃避之嫌，但也是豪杰一回。一醉虽不能了之，却也是一时的痛快。古人面临枪林箭雨尚且能“醉卧沙场君莫笑”，我们今天还能拒绝“家家扶得醉人归”吗？

侠客的背影

一说到侠客，就好像又回到少年时。人在少年时，尤其是男孩子，心中的英雄偶像往往就是侠客。因为侠客都是武艺高强、满腹经纶、济贫扶弱、除暴安良，而且是窄衣袖、短打扮，身披夜行衣，飞檐走壁，这些真是令人神往。烂熟于口的有关侠客的词便是“侠肝义胆”“行侠仗义”“路见不平、拔刀相助”等等。

人在少年时的认知，往往会影响他一生的判断。

长大以后，尤其是中年以后，发现武侠小说中的“侠客”不过是个概念，是作家笔下的理想人物。但可以肯定的是：侠客是美的。作家的职业就是发现美、追求美。我想，其他人也不外乎如此吧。

“侠客”为什么会完美？因为“侠客”是作家心中的理想人物，也是广大百姓心中的理想人物。大凡人们极度崇敬并赋予神性的人物，都是生活中缺少的。

今天的现实生活中是否需要侠客？需要。不然，为什么金庸的武侠书一版再版？为什么以他的书为脚本的电影、电视剧一拍再拍？当人们温饱有余，甚至坐拥票子、房子、车子之时，依然觉得缺点什么。“侠客”！他不仅是武功盖世的英雄豪杰，更是“仁义礼智信”的综合体。我们在现实生活中能不需要这样的人吗？我们常看到媒体报道说：某歹徒当街行凶抢劫，众多路人围观却无一人出手擒凶。我想，当时肯定有很多人在心里呼唤“侠客”的出现。然而，现在的人们生活得太现实了，太不愿意“忘我”了。于是人们叹道：世风日下，人心不古。其实，所谓“侠客”是和我们有着一样血肉的人；区别在于面对着“不义”“不平”肯不肯披肝沥胆地出手。

兰花开了

6月8日，星期三。我上班打开办公室的门，一股清香飘然扑面，仔细一看，是我养了几年的兰花开了。由是兴奋地拍照发给一位朋友，说办公室兰花开了，何兆也？朋友调侃回复：“要生女儿。”我回：“哈哈……”虽然是朋友调侃我，而我心里这几天确实在惦记着一个未出生的婴儿。

韩作荣老师的儿媳妇预产期是6月14日，无论生男生女都是我十分期待的。

6月14日下午，我给师母嫂子打电话：“生了吗？”师母嫂子说：“没呢。”我说：“正常吧？”师母说：“正常，儿媳妇说不剖腹产，要自己生。你忙你的吧，生了我就告诉你。”我说：“好吧。”

那些日子，我特别忙，各种会议密集，又要组织第32届“青春诗会”，我给一个在河北农村的兄弟打电话说：“给我买两箱土鸡蛋和两箱小米。”兄弟说：“干吗，嫂子要坐月子？”

我说：“韩老师儿媳妇要生孩子，你赶紧给我买最好的！”

我虽然有女儿，但说实话，女儿出生时我真没操过心，所知道的一点儿常识也仅仅是：女人生孩子后，要吃小米和鸡蛋。那几天虽然忙，但心里每天都惦记着这个待面世的孩子。

韩老师的儿子叫韩戈。韩戈出生时，韩老师还是一名解放军战士，所以用一个兵器名给儿子做名字，当然还有他想挥戈沙场的英雄气概。二十世纪七十年代初，韩老师出了第一本诗集《万山军号鸣》，虽然后来韩老师不再提这本诗集，但在那个时代能出本诗集实属不易，并且因这本诗集的出版，加之他在部队的优异表现，他被借调到《解放军文艺》做编辑，而此时，嫂子和韩戈还在黑龙江老家，1976 年 6 月韩老师转业到《诗刊》做编辑，1977 年深秋嫂子和 3 岁的韩戈才来到北京定居。1976 至 1981 年，韩作荣在《诗刊》并不轻松，一方面他在为诗歌创作蜕变做准备，一方面尽心尽力地做好编辑。当然，他还要拿出很大的精力对付各种“斗争”，直至他调到《人民文学》。这期间他真的没有更多的精力去照顾孩子，1981 年调到《人民文学》后，他更加潜心创作，写出了大批作品。1995 年我俩喝茶聊天时，他说：“现在，写东西已经可以自信了。”而在这几十年里，他下班就坐在一个人的书房里，读书，写笔记，创作诗歌，一手拿笔一手拿着香烟或茶杯，对孩子的关心和照顾几乎交给嫂子一个人。

2008 年韩老师退休后，我俩在一家咖啡厅里聊天，他由衷地感慨：“这几十年对家的照顾太少了，韩戈长这么大了，都是你嫂子在管。”我：“现在退了，事少了，也不必催着自己写东西，就多在家陪着嫂子和孩子吧！”他：“嗯。嗨——”

2012 年我被调到《诗刊》工作，我俩有时十天半月，有时一个月四十天见一次。一次，韩戈病了，且挺重，他和嫂子在医院守了几天几夜，我知道后问他："咋不告诉我？"他说："你那么忙，告诉你干吗。再说，我也该对孩子补偿补偿了。"这期间，他四处寻医问药，韩戈出院后，他天天在家悉心照料，听说吃甘蔗对韩戈的病有好处，他就每天去超市买一份新鲜的甘蔗，除了出差。

河北农村的兄弟给我送来小米和鸡蛋，我正在开会，于是立刻让一个兄弟把小米和鸡蛋送到韩老师家。

6 月 23 日一大早，师母嫂子打电话来说："生了啊，女孩，母女平安！"我兴奋地只说了一个字："好！"挂了电话，我的泪水就流出来了。韩老师要是还活着，我又可以看到他孩子般的笑了。许多人都认为韩老师庄重、严肃、随和，很少有人看到他心底藏着欢快的童心。

我给韩戈发短信："阿戈，祝贺！取名字了吗？"回："谢商叔叔，还没取名呢，取好后就告诉您。"

我又给韩老师的几个好友发了同一条信息："韩作荣老师今得一孙女。"

中午散会，我回到办公室，对着那盆盛开的兰花，使劲嗅了嗅，我这个被烟、酒、茶和世俗腌臜弄锈了的鼻子，那时竟然闻到了浓烈的香。

韩作荣老师的办公室从来不摆放花草，他的理由是："没时间和精力侍弄它们，也不想看到它们被我养死。"一次我俩在南方看一个兰花展，他对我说："兰的品格、姿态最像诗人，诗人养兰若开花了，不是出诗集了，就是生孩子啦。"

6 月 27 日中午，韩戈发信息给我："商叔叔，现在暂时起名叫韩译萱！"我回："好！"

前几天一个周末，我去看嫂子，她一脸的喜色。我说："你就好好过当奶奶的瘾吧！”她说：“是，小孩哭几声就觉得是当初韩戈在哭。”

办公室的兰花还在开，洁白，蓬勃。

说文解字的魔鬼释义

都知道逢年过节喜庆之日，要说些吉利话，要注意不能说“讳”字。如：结婚时，新人要吃枣、吃花生（意为早生、花着生）；到医院看病人要拿梨（离）和桃（逃）等等。这是中华民族的传统民俗，也应该说是中华文明的一部分，本无可厚非，但现在有些人把这一民俗应用到其他场合，就叫我们啼笑皆非了。

前日遇一朋友，言他近日打麻将常输，究其原因，盖因其爱整洁，常在衣袋里装一把梳头的梳子，有这梳子便要“输”；而赢家的衣袋里总是装有一合火柴，衣袋里有火柴便可赢“财”。该朋友说得极为虔诚，似是真事。我还听说过此类的一些说法，如打牌要坐在南北方向，这样可以赢东西。方向名词的东西，立刻就变成实物名词东西了。若此理成立，那么姓苏的是否就不敢去打牌；姓裴的就不敢去做生意；姓郑的就一定是百万富翁；姓柴的就一定是腰缠万贯。若此说可信，我建议所有打牌的赌友，每到打牌时在自己的衣袋里都装满苍蝇，那样，就可以场场（苍）赢（蝇）常常赢。

这样的说文解字，不知是对我们民族文化的发扬光大，还是对我们民族文化的糟蹋。

其实，言此事者也明白，这种说法只是一种寄托、一种希望、一种心理暗示。不然，大家都在衣袋里装上火柴，就没有输家了吗？

我们的民族是个聪慧的民族，曾经有过令人骄傲的四大发明，但认真一想，又是悲哀的。四大发明为我们自己做了什么？我们说：没有中国造纸术、印刷术的发明，就没有欧洲的文艺复兴；没有中国指南针的发明，就没有哥伦布发现美洲新大陆和麦哲伦的环球航海；没有中国火药的发明，我们国家就不会遭受鸦片战争的割地赔款。而我们却把火药制作成爆竹，在婚丧嫁娶、年节寿诞、铺面开张的场合上自娱自乐。何其哀哉的心理寄托和心理暗示啊。

真不希望再看到我们用自己的聪慧来糟践自己或欺骗自己，更不想再看到“梳子”“火柴”之类的魔鬼似的“说文解字”。

刘基不死　青山为凭

一

风儿还没有醒来，刚爬上山头的太阳，就把浙江东南部文成、青田一带照得通透。

2013 年 7 月 22 日，农历癸巳年六月十五日。浙江文成县南田镇，刘基文化广场。

今天是刘基 702 岁的诞辰日，也是一年一度的“刘文成公祭祀大典”，广场内外挤满了人。平日里，走在文成的街道上看到的是路宽人稀，今天才发现文成也是人口众多的。文成是刘基的文成。且不说文成县名是由刘基的谥号而来，更重要的是我在文成感受到了刘基无处不在的影响力，他是文成县所有人的亲人，是男男女女、老老少少心里的神。

大典还没开始，人们都放轻了脚步在挪动，没有人大声说话，都像在接受一场庄严的洗礼。安静、肃穆、虔诚。只有广场的扬声器里反复播放着古琴曲《忆故人》。人们可清晰地听到琴师的手指在琴弦上滑动的声音。琴声悠远深邃，安定沉着，透着情感凄迷的依恋和血肉撕裂的疼痛。这首曲子恰切地表现了来参加祭典的人们的心境。

9点30分，“祭祀大典”开始。程序在一项一项地进行，我作为被邀请的嘉宾，站在前排感受着这庄严的气氛，并自觉地接受着这场肃穆的洗礼。当进行到给刘基塑像献花篮时，我竟被安排第一个上台。我迈出第一步时就想，主办单位一定是这样认为：我是京城来的，平日里对刘基的感情不深，让我在众目睽睽下首先献花篮、施敬礼，看看我这个来自京城的代表对刘基的态度。我脚步略沉重地走上台，略带紧张地把花篮的绶带捋平直，向刘基的塑像深深地鞠了三个躬。深深地鞠躬，是我的自觉。一个离开人间近七百年的人，被人们年年隆重地祭祀，足以证明他还活着，而且活得更加饱满、丰富、熠熠生辉。对这样的人，有什么理由不给他深深地鞠躬！失去血肉之躯还活着的人，是真正的神。

走下台，我就想起比刘基晚些时候的张居正，他是明朝万历时的宰相，他说：“天生一世之才，必足一世之用。”这句话应该是说那些有普通之才的人，刘基的“一世之才”，七百年了，至今仍为我们所用。由是，我竟发起感叹：多少时代，多少人才，因各种掣肘而隐于江湖、流于草莽，无法舒展其才学，抱恨于怀才不遇，无奈地仰头唱出：大隐隐于市，小隐隐于山。当然，更悲惨的是一流人才被妒贤嫉能者安排干三流的活儿，到头来，有“一世之才”的人必是身心破碎，英年早逝。我的思绪还在胡乱地飘飞，此时，刘氏宗亲的祭典开始了。我们退回到观众席。刘氏宗亲们都穿着盛装，排着整齐的队伍，带着各种祭祀的物品，按程序依次进行着家族的仪式。

广场的扬声器开始播放几支我听着陌生的曲子。我问：这都是什么曲子？答：咸和之曲、宁和之曲、景和之曲、安和之曲。

这是族祭，族人的心理诉求是什么呢？“和”！家和万事兴！刘氏族人是一家，文成县是一家，中华民族是一家。祭奠故去的亲人，说的都是当下的心里话。

一天的祭祀活动在热烈而不喧嚣的气氛中结束，一个“和”字坠在我心底。人间冷暖无定，世态波诡难料。欲想事事和和，何其难也！

刘基诗书满腹、韬略满胸，其一生尚未求得世态之和、人情之和，甚至亦难成自身之和。

二

遥想刘基当年吧。

刘基出生在元代末期的南田镇武阳村，书香门第。虽祖上皆为小吏，但毕竟深居山里。刘基自幼聪慧，识文断字较早。十几岁开始到“青田石门书院”深造。从武阳村到青田石门书院的求学路，是一条山岭逶迤，青黛如螺，时而瀑声盈耳，时而素水盈溪的胜美之至的红枫小道。我们可以想象，小刘基走累了，寻平展的石头或树荫下歇足，赏景慰心，饥食修竹，渴饮甘泉，神清气爽。多少抱负在这里孕育，多少豪情在这里萌动。“春满郊原乐意融，野花庭草竞纤秾。惟余陵上青青柏，不向东风改旧容。”这是刘基晚年写的诗，但一定是青春年少时的心底写照。

刘基二十二岁中举人，三十二岁中进士，五十岁才随朱元璋平定天下。可谓大器晚成。其实，真正的大器，一定要晚成。

晚，为了汲取更多的经验，积淀更多的知识，做好更充分的准备。刘基入世晚了，刘基成了。成在帮朱明王朝统一了天下，进而被朱元璋称为“吾之子房也”。成在他提出了泽被后世的“立德、立功、立言”。这三个“立”是人类进步的保证，是放之四海而皆准的理想。迄今为止，无论为官的、为民的、做学问研究的，还是满足于“二亩薄田一头牛，老婆孩子热炕头”的，这三个“立”都是心中的愿望，并希望有人也能如此。没有英雄的世界是荒凉的，可悲的。

刘基功成名就后，凭经验，凭智慧，急流勇退。在朱元璋还未火烧“庆功楼”之前就坚决要求退休还乡。

真该说说朱元璋的“庆功楼”了。

火烧“庆功楼”是否属实，是历史学家的事。但开国皇帝坐稳金銮殿后诛杀开国功臣，是无一例外的。刘基深谙此道。据传说，刘基走前，“庆功楼”已建好。刘基临别时握着徐达的手说：“徐兄，小弟走了。有一句话望你牢牢记住：庆功楼庆宴之日，你要紧随皇上，寸步不可离开。”徐达一时不明白，想问个究竟。刘基说：“照此行事，日后便知。”这座楼坐落在鼓楼岗的山坡上，楼身又宽又矮，看来很结实；窗户又高又小，看来很安全。朱元璋择定日子，邀请所有功臣前来赴宴。这一天，日头刚落，庆功楼里一片笙歌，灯烛辉煌。赴宴的功臣们互相恭喜、道贺，好不热闹。徐达心里记着刘基的临别赠言，哪有心思与众人寒暄。他举目望望楼顶，雕梁画栋，纵横相连；低头看看地面，方石成格，平滑如镜。忽然，他把耳朵紧贴墙壁，用手对墙敲了几下，觉得声音“咚咚”发空，他的脸“唰”的一下，白得像纸一样。这时，只听一声喝道：“皇上驾到!”百官肃立，躬身行礼。朱元璋昂然走进大厅，笑容满面，来到席前，忙叫免礼。众人纷纷直起腰来。酒宴大开，热闹非凡。徐达平日酒量不小，今天却怎么也不敢多喝，一直盯着朱元璋的一举一动。酒正吃到兴头，朱元璋忽然站起身来，向门边走去，徐达连忙随后跟上。朱元璋发觉身后有人，回头一看见是徐达，便问：“丞相为何离席?”徐达说：“特来保驾。”朱元璋说：“不必不必，丞相请回。”徐达哀戚地说：“皇上真的一个也不留吗?”朱元璋暗暗一惊，心想：好精明的家伙！我的机密已被他识破。徐达见皇上不言语，又说：“皇上如果执意如此，臣不敢违命，恳望日后妻儿老母得蒙照拂。”说毕，转身欲回。朱元璋忙说：“丞相随我来。”他俩刚走出几百步，突然，“轰隆隆”一声巨响，功臣楼瓦飞砖腾，火光冲天，可怜满楼功臣，全部葬身火海。

徐达从庆功楼死里逃生，回到家里，整天饭不想吃，门不敢出，没有多久，忧郁成疾，背上还害了个痞背，人瘦得脱了形。一天，两名太监带人抬着一只清蒸公鹅来到徐达府上，说：“皇上闻知丞相贵体欠佳，特命小人前来问安。”徐达知道，公鹅是发物，害了痞背，再吃公鹅，岂不要命?这是皇上赐死啊。想着想着，两行热泪潸然而下，上前谢恩，收下了公鹅。没有多久，他就含恨死去。

我想，徐达死前最想念也最羡慕的人，一定是刘基。

当然，刘基提前退休，也是有渊源的。朱元璋是个基本没文化的人，但有着小市民的聪慧。打天下时，依赖刘基、徐达等，坐天下时却害怕这些文化人的思想。《典故纪闻》中有这样的记载：太祖谓刘基曰：“今天下已平，思所以生息之道，何如?”基对曰：“生息之道在于宽仁。”太祖曰：“不施实惠，而概言宽仁，亦无益耳。以朕观之，宽仁必当阜民之财，而息民之力。不节用则民财竭，不省役则民力困，不明教化则民不知礼义，不禁贪暴则民无以遂其生。如是而曰宽仁，是徒有其名，而民不被其泽也。”从这段对话可知，朱元璋对刘基的宽仁之说大不以为然，刘基也不再是打天下时的“吾之子房也”了。顺便说一句，这段文字是后人撰写的，把朱元璋的会话能力写得和刘基一样有水平。其实不然，朱元璋说话一向直白粗陋，看文件都不许写文件的人写得太有文采。他看不懂，又羞于让人给讲解，所以给朱元璋的奏章写得越直白越好。我甚至妄断，若朱元璋多活几十年，估计我国白话文的推行就不用等到 1917 年了，在明朝就能完成。

刘基性情耿直，《明史·刘基传》和《明太祖实录·刘基传》说：“（刘基）慷慨有大节，论天下安危，义形于色。”“基为人刚毅，慷慨有大节。每论天下事，是是非非，无少回曲。”

刘基对朱元璋是“知无不言”，甚至史上还有这样的记载：“上（朱元璋）天威严重，惟公抗严直议，不以利害怵其中。”就是说对朱元璋，满朝文武只有刘基一个人敢顶撞。

顶撞皇帝，迟早都是祸。这是被历史证明过的。这也是为刘基所深知的。于是，他要求退休，还乡。

他要回到南田，回到武阳，回到那条红枫古道去观山听瀑。如朱元璋说他：“不居凤阁调金鼎，却入云山炼玉炉。”

三

刘基回家乡了，但是，他并没有按自己设计的那样安度晚年。在任何一个朝代里，一个有雄才大略的人，只要他活着，就会有人不放心。于是，61 岁退休，65 岁就被几番折腾而死。

刘基是慷慨凛然而死，我甚至可以想象出他死时的微笑。他退休后曾在家乡写过一首诗：“涧水弯弯绕郡城，老蝉嘶作车轮声。西风吹客上马去，夕阳满川红叶明。”这首诗，已表明了他对生死的态度。他无愧于“千古人豪”的称号，无愧于家乡的青山绿水。

刘基的肉体死后，奸佞们会稍感轻松，但是刘基的精神，却又活了七百年，并将继续千年万年地活着。人们不断地丰富着刘基，不断地为他增加传说。有传说的人，就是活在众人的口碑里。

我离开文成时，一场小雨悄悄地跟着我。我回过头深深地看着文成，看着生养刘基的那片土地，突然想起刘基的出生地武阳。武阳原本叫“雾垟”，就是雾很多很大的地方。如果，刘基一直在雾里，可能会安宁一生，但也可能会让历史放慢前进的脚步。就天下而言，就人类文明而言，就历史而言，牺牲掉个体的肉身，贡献出个体的才学，推动历史向前的进程，正是仁人志士所为。尽管这类“人杰”“鬼雄”，在当时的结局都凄凄惨惨戚戚。

刘基不死，有人心为证，有青山为证。

那琴，那江

十七公里有多长？远不及岳飞在马背上手持长枪“直抵黄龙府”的一声呐喊，更不及文天祥“人生自古谁无死，留取丹心照汗青”的一声慨叹。就是这十七公里，却承载了几个封建王朝的沉浮，记录了中华民族抵御外侮的硝烟。

我说的这十七公里是一条江，是与浙江东海海域相连的一条江，在浙江省三门县境内，它的名字叫琴江。

也许这是中国最短的一条江，全长只有十七公里。

琴江这个名字，听起来就有诗的意境、画的色彩、音乐的律动。闭上眼睛，轻轻地默诵一句：琴——江，再顾名思义地想象一下，然后长吐一口气，似乎就能把劳作的疲惫一吐了之。当然，这可能是我个人的伪浪漫，在今天这个万花筒般的社会生活里，谁能经常闭上眼睛去长吐一口气，且能将喜怒哀乐悲恐惊一吐了之呢？

我目睹过的琴江是清澈而平静的，风轻浪缓，坦坦荡荡，薄烟淡云，素面苍穹。是“四面有山皆入画，一年无日不看潮”的。

我耳闻过的琴江历史是沉重的。宋朝应该算是我国封建王朝中积贫积弱的一个，宋高宗赵构也是我最憎恨的封建皇帝之一。而这条江却因他而得名，使我对他又生出一些悲悯来。不过，在宋朝的历史上，我还是景仰岳飞、文天祥。乱世造英雄，是因为乱世之中，只有英雄方能显出其秉正脱俗的气节和中流砥柱的本色。

琴江，原名健跳江。健跳之名何来，我无从查考。健跳江后来更名“浮门江”，却有一段故事。南朝末年，隋灭陈，南朝废帝陈伯宗之子陈至泽携家眷乘海船至健跳江，见江面上漂来一扇门板，于是就率众上岸定居，起村名为“浮门村”，江名为“浮门江”。

在我能看到的文字资料上，这条江，从那时起就开始成为统治阶层倾诉的对象，就开始承载统治阶层的喜怒哀乐。南宋建炎四年（1130），金兵攻陷临安，宋高宗赵构由临安经明州（今宁波）入海南逃，中途夜泊浮门江。此时正逢除夕，南岸浮门村陈氏皇族的后裔们正在张灯结彩、辞旧迎新、燃放鞭炮。宋高宗在漂浮不定的船上听到岸上百姓们的鞭炮声和寺庙里的钟声，心潮不知比江水汹涌多少倍。这个乘危难之际而登基的年轻君王一直在金兵的马蹄声中逃跑，惶惶不可终日。由开封逃到临安，而今只能率一百多支船队在江面上设朝听政，陆地上没有能让他安全的地方。金兵骑马追击，他这个王朝就只能下海躲避。“南船北马”在宋高宗身上得到了最充分的体现。此时，正是年关，宋高宗立在船头望望江水，望望江岸，望望苍天。无奈，悲怆，愤懑，凄凉，真是百感交集，他呼人抬出琴来，想要抚琴一曲。也许他想起了俞伯牙与钟子期“高山流水遇知音”的故事；也许他想起了诸葛亮设“空城计”时，在城墙上弹的吓退司马懿的那首琴曲；也许他只是想要平稳一下自己的思绪，或想让琴声代他诉说点什么。他想说什么呢？想说“子规夜半犹啼血，不信东风唤不回”，还是想说“游人不管春将老，来往庭前踏落花”？琴声、涛声、鞭炮声、钟声，响在耳边；金兵的喊声、大臣们的吵闹声翻腾在心里。可以想见，他此时的琴声定是“嘈嘈切切错杂弹”。唉，“人间风雨真成梦，夜半江山总是愁。”心乱，手指的动作变形，一根琴弦“嘭”的一声断了，宋高宗并未因弦断而惊慌，也许他就是要弹断一根弦，他弹琴不是为了觅知音，断弦也不会吓退金兵，他是让自己有一个正确的决断。他双手举起断了弦的琴，用力地抛入江中，然后运足做皇帝的丹田气高喊：“上岸！上岸！”

皇帝只有脚踏实地才是坐江山，漂在船上与浮萍何异。

绍兴十五年（1145），一渔翁在江中捕鱼，捞上一琴，见琴腹有“臣雷某造”字样，知是宋高宗所投之琴，特意赶往临安，献还朝廷。宋高宗见此琴，潸潸然泪满长襟。他投此琴入江，是为了让自己下定决心登陆抗金，而此琴却被捞起。他知道：历史无论是荣耀还是屈辱，都不会被投入江中而一了百了。

因这段故事，“浮门江”又被更名为“琴江”。

此后的琴江又发生了文天祥抗元，戚继光抗倭，孙中山组织辛亥革命等一系列的事件。

这短短十七公里的琴江，际会了几个世纪的狂风骤雨，而琴江依然平缓地向东流着，琴江的目标是更为广阔的大海，琴江心里永远唱着“逝者如斯夫，不舍昼夜”。

十七公里啊，只能是一条江的长度。历史的辙印和时代的思维都无法用公里来衡量。

路是人走出来的，历史是人走出来的。后来人依然要走路，要走出新路，走出新的历史。

琴江无言，可江面像镜子一样映照天地，映照人间。

西柏坡的雨

窗外绵绵地下着雨，温软的声音像无数只温软的手轻抚我的脸颊，让我如梦如幻地度过了在西柏坡的一夜。

天光熹微，我不及洗漱便走出宾馆，沿岗南湖岸边踽踽而行。我回想着昨晚这里高悬的盏盏灯火，它们从不同的角度照着我，我也仰头看着它们。我注目凝神地看这些灯盏，感觉越看它们越亮，直至它们释放出光晕，使我头晕目眩。我晃晃脑袋自语：你们可能会让我身形变小，但不会让我的脚步失去坚定。

诗人大多是不安分的，这个不安分其实就是努力求新猎奇。我也不例外。西柏坡是所有中国人耳熟能详的地方。《中国土地法大纲》在这里颁布；毛泽东在这里指挥了解放战争的三大战役；党的七届二中全会在这里召开；党中央和新中国政府从这里走进北京……哎，等等，这些似乎并不是我对新奇的探求，而是对已知的重温。

上学时，中国革命史是必修课，而西柏坡是重要的一章，哪个学生都不敢绕过去。昨天，我们看了展览的图片和实物，那个会跳芭蕾舞的讲解员甜美的讲解还在耳边芭蕾舞一样跳着。

这场雨之前的西柏坡都是我耳闻目睹的真实，都不需要我使用丝毫的判断力。这对我是个挑战。我是第一次来西柏坡，我是来寻找宝藏、寻求新奇的，我怀揣饱满的激情与热烈，像与多年未见的情人会面一样来到这里。可这里的每一寸土地可能都被别人的抒情文字打湿过，我的自信与才情像处在人群中的小偷一样羞怯不安。

我依然不想改变选择，依然要把自己准备好的一腔热情坦然地呈露在这块土地上。我知道：一次探访和阅读是无法全面地听到历史原初声音、看到历史原初状况的。对历史，我们只能是有距离地靠近。

面对西柏坡我是个过客，面对历史我是个永远的学生。

岗南湖的水面是静止的，镜子一样映照着灰蓝白相间的天空。昨夜的雨和万千气象已为清晨的静穆所淹没。静穆像巨大的猛兽吞噬了噪音与躁动。我看过这里的地形沙盘，背靠太行山，面对华北平原，战略上是进可攻退可守，旅游上也是好山好水好风光。想想60年前，毛泽东在这里运筹帷幄，面对一盘春秋大棋，起落的手指决定着乾坤的正背。他有书生意气，心里想着“数风流人物，还看今朝”；他有领袖志向，咬紧牙根“欲与天公试比高”。在西柏坡的毛泽东是没有什么闲情逸致品山赏水的，甚至，那时他身上的诗人指数也大大地降低。然而，毛泽东确实是个诗人，是个大诗人。我曾想，如果他不是个诗人，而仅是个政治家、军事家，绝不会有四渡赤水那样充满浪漫色彩的大手笔。由此我认为，一个具有诗人素养的政治家做起事来更具优势，更易成功。披阅历史，我认为这个观点是成立的。一个优秀的诗人一定是个思维敏捷的人，且有深邃思想和浪漫情怀。

我顺着湖堤走出西柏坡纪念园区，看到一些错落的民房。我突然想：60 年前的村民面对住在这里的一支部队是怎样想的？今天他们又是怎样想的呢？

吃过早饭，我们去参观碑刻。我把我的问号扔到负责接待我们的史进平女士那里，她这样为我把问号拉直。“当年，解放军来西柏坡，名义上是个军事学校，村民们开始也没敢想这些大人物就在军人中间。其实也没人认识他们，这里的百姓也只有几个人看到过毛泽东、朱德的画像，后来才有少部分人知道他们就在军中。解放军从这里去北京时，来了一百多辆车，排了二里多地，大家都出来看热闹。他们的车出发了，才有人大声说：毛主席、朱总司令一直在这里。人们才有些震惊。”我相信这是真实的，因为这就是纯朴的百姓，这就是可爱的百姓。在任何年代，老百姓首先关心的是他们的生存。“民以食为天”，这个“食”是老百姓的衣食住行、就业状况、劳动强度、赋税几何等等。那时，西柏坡的百姓只知道毛主席、朱总司令给他们分了土地，让他们有地耕有饭吃，至于毛主席、朱总司令住哪儿，他们并不知道。说到现在的村民，史进平有些兴奋，她说：“现在这里的百姓可高兴了，他们感谢党中央把解放全国前的最后一个农村指挥所放在西柏坡，使这里成了红色旅游胜地，他们的子女有了很多就业的机会，他们围绕着红色旅游发展产业，开宾馆、饭店，搞运输，卖土特产、纪念品等等，他们靠着西柏坡纪念馆富裕了。”这仍然是真实的。这才是百姓真实的纯朴，真实的可爱。

当普通的老百姓只知道说真话的时候，天下便是国泰民安、其乐融融之象了。

看完碑刻，我们离开西柏坡时，天空又飘下了细雨，软软地、无声地湿润着我们。

与西柏坡送行的人们挥别后，车子向石家庄方向驶去。从陆路进出西柏坡一定要沿着岗南湖的湖堤走半圈。我临窗望着岗南湖，那些细细的雨丝在湖面上乱跳。我仔细地观察，发现只是雨丝在跳，而湖水静若处子。

湖水的浩瀚与深邃，是隐藏秘密的最佳场所。当年的党中央在这里秘密地工作了一年多，使起义后的傅作义将军到这里参观时大为愕然。

雨绵绵地下着，湖水静静地卧着。这时一条船将湖水划开，像春天的犁剖开耕地。石家庄市委宣传部的同志说：这是当地村民经营的接送游客的船。

井冈山下歌正飞

五月上旬，血色的杜鹃花刚刚谢幕，子规鸟的啼叫令人心动。井冈山一带的田野正进入春夏之交的葱翠。

这是我第二次来井冈山，第一次在井冈山机场降落。我走出机场，不由自主地就开始哼唱《十送红军》。日常的工作、生活里，我有哼唱歌曲的习惯，尤其在旅途中，哼唱歌曲会减轻劳顿，从心理上缩短道路的距离。而《十送红军》是我经常哼唱的一支歌曲。这支曲子，没有战火与硝烟，没有搏杀与鲜血；有的是温润、体贴，甚至是接吻的回声。这首歌诞生在战争年代，战争需要的是力量。力量不仅是肌肉和嘶喊这样的外在形式，力量更是内心的坚定与强悍。这首歌的词曲便是很容易深入心灵、“润物细无声”地让人的血液不知不觉升温的那种；这首歌曲，能让人气定神安，也能让人爆发“不破楼兰终不还”的狂野力量。

有些歌曲，是故乡的亲人，什么时候听到都会心潮澎湃，什么时候想起都会热流满身。

《十送红军》这首歌曲产自井冈山的永新县。我此行的目的就是永新县。

永新县城不大，县里许多区、村、镇和县城的大街小巷都实用、质朴，在这实用和质朴中透出这块土地的古老。历史上这里发生过什么重大事件，出现过什么重量级人物，我们姑且不论。今年（2009年）是中华人民共和国成立六十周年，永新县绝对不可绕过。我们所说的“井冈山革命根据地”，永新县是其中重要的一个组成部分。当时的湘赣省委在永新；毛泽东领导的三湾改编在永新；贺子珍的家乡在永新。在井冈山这个红色摇篮里，又有多少永新子弟呢？郭沫若在《宿永新》一诗中说：“长征逾万参加者，烈士八千磊落才。”

我在想象，红军长征从永新出发时，尤其是“逾万参加者”经过永新的望月亭下，乡亲们在亭上搭起高台的情景。“高台（里格）十丈白玉柱，雕龙（里格）画凤放呀放光彩”。全城的乡亲，尤其是那几十几百位姑娘、大嫂、大婶站在台上台下、坡上坡下、路旁路中，“双双（里格）拉着长茧的手，心像（里格）黄连脸在笑。”没拉着红军战士手的，摆弄着辫梢，扯拽着衣角，憋住满腔的泪水，深情款款地唱：“几时（里格）人马，（介支个）再回山。”

红军走远了，她们绷紧的神经突然松弛，泪水如江河奔涌。她们和着滚滚泪水与远处的枪炮声，继续唱着：“朝也盼来晚也想，红军啊！这台（里格）名叫（介支个）望红台。”此时，她们希望远去的红军，正在厮杀的红军依然能听到她们的歌声，希望她们的歌声能把枪炮声淹没。如果说当年这首歌曲曾淹没过枪炮声，把本应撕心裂肺的哭喊变成了脉脉深情的吟唱。那么今天，大家唱来就是为了铭记当年枪炮声中红军战士的壮烈。

时间走了，时间的脚印还在。战争远去了，红军永在。

今天的永新人，依然喜欢唱歌。喜欢唱歌，也许是永新的历史传承。唐朝的歌唱家，即电视剧《大唐歌飞》的主人公许和子就是永新人。不过，今天永新人唱歌是在休息，是在释放喜悦。

傍晚，我来到县城的激情广场，看到农民们携家带口自发地登台演唱。他们不矫揉造作，不扭捏作态，自然、自信地吹拉弹唱，台下的观众都站着看（广场上没有座椅），台上台下呼应和谐，气氛热烈。尤其是那些孩子，上台以后大大方方地表演，让我想起女儿小的时候，我们一家人围坐在一起看着她欢快地表演。在永新激情广场，我看得动情、动心。这些登台演出的农民及孩子，没有导演、没有服务的演职工作人员，更没有演出费，甚至没有人给他们报幕主持，他们就是自己的主持人；他们的演唱不需要专业的乐队、音响，他们不把自己的演唱当表演，他们是在与乡亲们聊天，向乡亲们及过路的人展示他们的生活状态，他们是在政府搭建的舞台上抒发自己的情感。

当地陪同的同志说，不远处还有一个三湾广场，每周有两次农民自发组织的演出。他们唱红歌、跳红舞，每次演出，广场上都有上万人观看。我叹服，这是块生长欢乐的地方，这是块生长激情的地方。歌乃心声。永新这块红色的土壤，在战争年代产生了《十送红军》《送郎当红军》等歌曲，那时，人们唱出了坚韧、唱出了坚强；今天，人们唱出的是欢欣与畅想。人在歌声在，歌在真情在。

永新永远是红色的，这里的歌声永远是喷薄而出的朝阳。

立碑或水珠里的太阳

大巴车从南昌出发行驶在高速公路上，路边是起伏的山峦和密密的树林。

江西是不乏深山密林的。当年毛泽东选择井冈山作为革命根据地，大概就是看中了江西的山深林密。江西的山我走过几座，江西的林我还没有认真看过。此次应邀，便是来看林，看江西林权改革后的情况。

带着目的采风，无异于写命题作文，要围绕着命题去挖掘记忆，搜集资料。说句实话，关于林业我连一般的常识都不懂。不过，我和其他人一样，喜欢树，喜欢草，喜欢树草之间行走的人、发生的事。我曾写过一首诗，表达我对城市生活的厌倦。诗的前两节是这样写的："我一直认为高楼林立一词/是在糟蹋'林立'/当我走进森林之前/我会使劲拍打自己的身体/生怕把水泥渣钢筋末/带进林子//我很希望我的血液/就是森林的颜色/我的双臂也想成为/飒飒作响飘飘欲飞的叶子"这首诗不是为树林而写，树林却是这首诗的对象。可以肯定，一个长期生活在钢筋水泥盒子里的人，走进树林深呼吸、长吐气，再像一汪水一样卧在林中的草地上，一定会脱胎换骨般神清气爽，也一定会有一些奇思妙想。

我想起贝多芬，想起他的《田园交响曲》。我猜想，在某个雨后的傍晚，贝多芬漫步在林间小径，夕阳像一位高妙的漆匠或神奇的画师，将树林、小径，还有贝多芬，都涂上均匀的金晖。树枝携着叶子，小草举着花朵，在微风中摇曳婆娑。此时，贝多芬时缓时急的脚步声也使静谧的林子增添了许多空旷和诗意。贝多芬环顾左右，感觉自己像走在一幅抽象画里。然后，他靠着一棵树慢慢地坐在地上，手抚摸着树干，调动许多生活经验，深邃地说："我爱一棵树甚于爱一个人。"

贝多芬在真切地告诉我们：当世界进入抽象状态时，肉体的形态是可以忽略的。

大巴车向崇义县进发。我靠着车窗望着窗外，想着我与林业有关的事。我首先想到的是几年前北京的一次沙尘暴，那充塞在眼睛里、嘴巴里的沙尘，似乎至今也没清洗干净。后来听说沙尘暴是西北地区和内蒙古的植被遭到大面积的破坏、土地不断沙漠化造成的。我又想起那次沙尘暴时期新闻联播的一条新闻，大意是说：沙漠化不加紧治理，沙漠很快就会包围南昌。当时我听了，只认为是在提醒国人爱护森林，保护植被，此说不免有耸人听闻之嫌。

我随手拿出一沓发给我的资料，翻看着，有一段话着实吓我一跳：江西全省土地面积2.5亿亩，其中林业用地1.59亿亩，占63.9%，全省4200万人口中有三分之二在山区，林农有3000万。由于乱砍滥伐，雨水充盈的江西有不少的地方竟成了荒山野岭，水土流失严重，全省森林覆盖率只有31%。

这样的数据，绝不是耸人听闻了。

我又想起我看到的有关植树造林的两块碑。一块是在上海的崇明岛，岛上有一大片树林，林中有几块石碑，碑上刻着许许多多的名字。这些名字就是当年在这里开荒种树的下乡知青。据说，有许多人已不在人世了，而他们含辛茹苦种下的树苗，现在已长成了繁茂的树林，成为了岛上知名的风景区。我看着这些名字，再看看四周的树，那碑上刻着的不再是名字，而是郁郁葱葱的树。

有句老话说：前人种树后人乘凉。当我们面对崇明岛上的那片树林，是否只想到了乘凉？是否还有疼痛和心灵的追问？

另一块碑是在武夷山，叫“毁林碑”。凡是不依法规、政策乱砍滥伐的人，名字都要被刻到石碑上。植树造林者可以流芳千古，毁林者也要让他遗臭万年。这块碑一立起来，已在碑上有名的人就找相关部门来告饶，表示再不乱砍滥伐了，请求多分些植树造林的任务，可以义务工作，只要能早日碑上除名。

这是块好碑，或叫好主意。人的手、脚是容易被约束的，而心灵、意识是难以规范的。如果一个人的心灵花园凋败了，他的眼中就再不会有花园了。

人类的灾难一直是与日月同在的，而森林的灾难也绝不会少于人类。森林除了和人类一样要直面大自然的种种发难外，还要忍受人类的种种肆虐。森林不是无言，森林只要说话，必是石破天惊。四大文明古国之一的古巴比伦消失在乱砍滥伐中；我们美丽的楼兰古国也随着水土流失，消失得杳无踪影；现在的罗布泊，原本是“鹰击长空，鱼翔浅底”的湖泊，可今天只能承认它是沙漠。

历史证明，人类有多大的创造力，就有多大的破坏力。人类的文明史，常常也是人类对大自然的破坏史。

有些事，人们可以不去纪念，但永远不会忘记。

如果人类一直把森林当作母亲、情人、朋友，何必在今天惊恐地呼喊“沙漠要包围南昌”呢？

现在江西在搞林权改革，此举是一件养林、护林、维护林农利益的举措，大概也有立碑的意味。当然，也不必拘泥于用一块石头做碑。石头也会风化、破碎，不是有“玉石俱焚”一词吗？不是有“神龟虽寿，犹有竟时”一句吗？毁不掉的碑，应该是立在老百姓心里的、口口相传的碑。

资料里有一段顺口溜，是一位林农写的。我们姑且不去探讨它的艺术造诣，只说这四句话的喜悦、真挚，就大有为“江西林改”立碑之意。顺口溜是这样写的：“林权改革春风劲，万户千树喜气盈。昔日空叹山林好，而今植树如造银。”

我们来到崇义县，自然是上山、看林、听林农们说。有一个村子，在林改后发生了这样一件事，让我感触极深。这个村子有7000多人口，林改前，有4000多人在外地打工；林改后，在外地打工的人全都回村种树、养竹，不再出去了。

出去打工的人，不是为了看花花世界，而是为了养家糊口；而今“植树如造银”了，谁还到外面去栉风沐雨？

一位县长说：广大林农把山林当资产来经营，把竹木当财产来保护。

一位省委副书记说：“林改”活一方经济，富一方百姓，促一方和谐，保一方生态；林改是一项民心工程，可持续发展工程，社会稳定工程。

我相信这是来自“林改”一线领导的实话。这些话有感性的，也有理性的。

一个雨后的早晨，我们走在一片山林里，一声异样的鸟叫引起了大家的关注。江西一女记者循声走过去，抱出一只受伤的极为漂亮的鸟，她像抱着生病的孩子一样抱着那只鸟问大家：

“怎么办?”大家尽皆无策，她抱着那只鸟，满脸焦急。离开这片树林前，她又把那只受伤的鸟送回原处。她嘴里一直在念叨着，我想她一定在祈祷什么或祝愿什么。其实我觉得应该相信这片树林，树林既能引来这么美丽的鸟，就一定能让鸟儿们愉快幸福地生活。

离开江西回京的路上，我又拿出那一摞资料，其中有一篇《人民日报》的文章，标题记得是“林改改出了什么?”。文章内容我没有细看，因为我刚从几个县采访归来。我在问自己：江西林改我看到了什么？我想起那个雨后早晨走过的山林：新鲜的太阳，清水一般倾泻下来，草尖上、树叶上、竹梢上，卧着许多晶莹的水珠，而每个水珠里都有一颗鲜亮鲜亮的太阳。

植物有了太阳还会愁生长吗？人的心里有了太阳，还愁道路不光明吗?

军营五日

接到中国边防总局宣传部的邀请，让我组织几位诗人到新疆帕米尔高原的红其拉甫边防检查站深入生活。我选好几位诗人后，就开始兴奋。

在国内，一般的地方都有机会去采风，唯有边防哨所没敢想。尤其是著名的红其拉甫。到电脑上查阅：那里海拔 5100 米，常年积雪，氧气稀薄，十分艰苦。那里有号称“冰山之父”的慕士塔格冰峰，那里一条路通三国。

对于我，那里十分新鲜。

5 月 13 日早上五点，我们从家里出发，七点飞机起飞，到乌鲁木齐暂停四十分钟，继续飞喀什，下午两点四十到喀什。在飞机上经过七个小时的颠簸，我没睡，也没累，心里在想：到红其拉甫该怎样抒情。晚上十点，我们到达红其拉甫边防站。说是晚上十点，其实这里的天光还亮，我们顺着地球的自转一路追赶太阳。

晚饭过后，我们互相看看，没有人紧张与不适。细心而严谨的朱政委还是不放心，让卫生员来给我们量血压。大家聚到我的房间，一个一个地量。商震低压100，高压160。蓝野低压110，高压155。刘立云正常。朱零正常。老刀正常。

蓝野平时血压就高，此时略显紧张。而我找不到血压升高的理由。我心里清楚：是兴奋的。

每个房间都备有氧气瓶，还有红景天口服液、丹参滴丸等药品。

我洗洗就踏踏实实地睡了。

14日早上十点吃饭。饭桌上，朱政委问："怎么样？身体有什么反应？睡得好嘛？"我睡得很好，朱零、老刀睡得很好，蓝野略差，刘立云一夜没睡。刘立云是现役军人，今年六十岁，有四十年的军龄，他一夜没睡，想什么？

上午，我们都换上迷彩服，参观红其拉甫边检站。我们看到了当年用8000元经费建起的团级边检站。"一顶帐篷挡风雪，三块石头支起锅"的艰难岁月，真是不可想象的艰苦，真是肉体无法忍受而只能用精神意志才能挺住的岁月。在展览室门口有两块不规整的石头，一块写着"精忠"，一块写着"报国"。一看就知道是没受过书法训练的人写的。据说这是刚建站时，某战士捡来两块石头自己写的，放在兵营（就是帐篷）门口。谁写的没留下名字，这两块石头和石头上的"精忠报国"永远留下来了。

一位老战士的日记中有一行字："我渴望见到一个陌生人，见到一块陌生的石头，见到一株陌生的绿草……"

中午，我们和官兵一起列队去食堂吃午饭。我走在第一，步伐是错乱的，后面几位诗人走得是否正确我不知道。我认为他们走得会比我好。刘立云是现役，老刀、蓝野都是空军转业，只有我和朱零没受过军营的训练。后来得知，他们也走错了。

食堂门口立定，齐唱《团结就是力量》，我只会几句词，接下来，口型都对不上。战士们的歌声，真是钢铁。

参观官兵办公和住宿的小楼，一进门的走廊上贴着一张彩色图片，图片是一群欢笑着做萌态的孩子，一行欢快的字：“爸爸，辛苦了！”我看一眼也觉得欢快很多。

孩子，是这里的官兵最惦念的。有孩子的是这样，没孩子的更是这样。在红其拉甫边检站工作久了，男人会睾丸肿大，女人会月经不调，直接影响生育能力。

下午和官兵座谈，提到孩子，全体都泪流满面。一个干部回家探亲，一进家门，孩子挡在他和妻子之间，警惕地问：“叔叔，你找谁？”一个孩子见到穿军装的战士就喊“爸爸”，因为孩子只见到一张爸爸穿军装的照片。女干部舒菊英，孩子小学快毕业了，她决心陪孩子过一次儿童节。

孩子，是骨肉，也是未来。

下午去边检站出入境关口，看边检官兵怎样工作。一进大厅，看到几个战士帮着一个出境的外国人搬搬扛扛地运行李。出境的人带的东西比入境的人带的东西多。

我和朱零、蓝野在边检大楼前合拍一张照片，发给朋友。朋友回复：就蓝野像军人。看来，当过兵的人无论过多长时间，站姿都会葆有受过军事训练的痕迹，即使我们今天都穿着军装。

晚上，卫生员来量血压。我正常了。唯蓝野持高不降。蓝野一直在吃药。

几个人在我房间里喝了会儿茶，交流一阵，各自回房睡去。

15 日早上，我们全体上前哨班。朱政委说：昨晚前哨班还下雪呢。

边检站到前哨班，从海拔 3200 米到海拔 5100 米。路两边是雪野、戈壁，空中时有飞鸟和鹰，地上常见鼹鼠。一过海拔

4000 米，天上、地上除了雪就什么都没有了。

天蓝、雪白，冰山亮。

我们今晚要住在前哨班。随行的《中国边检报》女记者李燕飞也要住，朱政委说：你不能住。你住了，我们战士就没地方住了。

到前哨班，战士们列队在门口欢迎我们。我们和战士一一握手。一张张古铜色的脸膛，一双双粗糙的手掌，一支支锃亮的枪。

一间不到三十平方米的寝室摆放着十六张单人床，战士上岗下哨轮流睡觉。寝室外是个稍大的房间，一侧是一张条桌，两排长凳，可以在这里吃饭、喝水、聊天、抽烟。另一侧有一片一平方米多点儿的绿植。这是战士们能看到的森林、草地、花园。海拔 5100 米，是生命的禁区，这些植物，战士们是怎么养活的？在这片绿植前，我向战士学习敬军礼。学会了，动作虽然还不很标准，但我向官兵们敬礼了，向这一小片儿绿植敬礼了。敬礼真好！阳光、春风都有，就是没有废话。

当晚，我们决心住在前哨班进行深度体验。女记者李燕飞下山，她感冒了。蓝野也下去了，他的脸成了酱紫色，说话只有唇齿音。

原准备和战士一起睡大房间，临睡前，朱政委硬把自己和作战指挥的房间给我们睡。我们开始不肯，朱政委说：“我怕你们睡不好，翻来覆去地影响战士休息。战士们每两个小时要换岗的。”这样，我和刘立云睡一小间，朱零、老刀睡一小间。

午夜两点半，朱政委来敲我的门，对我说：老刀老师吸了三袋氧，还是头晕，呼吸困难，得送他下去。你们也一起下去吧！我略想一下：都下去！刘立云对朱政委说：商震带来六个人，现在一半人有身体状况，他不放心。

雪，纷乱地落，视线里一片迷茫。

一辆中巴车送我们下山，朱政委和几个战士护送。雪在下，雪片不大但落得很急。我似乎听到有战士把子弹推上膛。朱政委叮嘱开车的战士：“慢点，如果发现路边有停着的车或拖拉机，不要靠近，远点儿停车。”“走路中间，有坑也不要躲。”一路上，朱政委全神贯注地看着前方，本来就很大的眼睛瞪得更大、更圆。我意识到朱政委在对我们的安全担心。他对开车的战士放心，对车况放心，但对路面及藏在路边的情况不放心。我们在边防总局已了解到这里是反恐前线。

回到边检站已是凌晨四点多，我们立即睡觉。早晨还要回到前哨班和战士一起站岗、巡逻。

早上九点半，我们出发。老刀起不来，卧床休息。我们在前哨班穿上棉军装，棉衣看着很厚，实际却很轻、很暖。我们到边境线和战士一起列队巡逻。巴基斯坦的士兵也在边境线巡逻。两边的战士有说有笑。若不是一条边境线隔着，军装也不同，两边的士兵倒像一个团队里的人。

巡逻结束，我们准备回到前哨班。我和朱政委走到一边，各自点燃一支烟。在海拔 5100 米的地方吸烟，烟碱的味道和凉气混合，使烟味很淡。

边境线离前哨班有两公里。这时，战士们收养的三条狗兴冲冲跑上来，和战士摇头摆尾地亲热，也和我们亲热。狗不认识我们，它们认识军装。

狗是前哨班的另类战士。

下午和前哨班的战士聊天。不聊家乡、亲人，不聊艰苦，只聊趣事，聊在边境线都看到过哪些野生动物。

聊天之间，我应邀为前哨班官兵用毛笔写字，我写了一句毛泽东的诗：“江山如此多娇，引无数英雄竞折腰。”这是我写在海拔最高处的字。

晚上回到边检站，大家喝了几杯酒。这里是不能喝酒的，可官兵们觉得我们是诗人，该有点酒，再加上几天来官兵们已经和我们有了较深厚的感情。席间，朱政委站起来，唱了《父亲的草原 母亲的河》，我唱了《江山无限》。接着，官兵们唱了几首军营歌曲。

唱歌、喝酒都是释放情感的通道。

官兵和我们窃窃私语，三三两两地窃窃私语，一对一地窃窃私语。

18 日，五天的军营生活结束了。早上七点，我们上车，离开边检站去喀什乘飞机回京。车下，我们和官兵把手握得很紧、很热。我们上车后，朱政委等一队官兵笔直地敬礼，我们在车上敬礼，一直到互相看不见身影。

我会永远记住一些红其拉甫边检站官兵的名字：刘晓峰，朱春山，白宝平，吕多斌，闫景，卿北川，舒菊英，王希，范永勇，孙超……

我在《人民文学》蜕变

人的一生，不可能只是物理地成长，一定要有几次脱胎换骨的蜕变。而重要的蜕变可能只有一次，像蝌蚪变青蛙，丑小鸭变天鹅。

我在《人民文学》工作了十二年，这十二年间的变化就是我一生中最重要的蜕变。

我是1996年调到《人民文学》工作的。当时，我虽然写了一些诗歌、散文，但作品还很稚嫩，对他人文学作品的判断力还不很自信。可是2012年我被调离《人民文学》时，无论是在自己的创作上，还是在对他人作品的判断上，都信心满满。尤其是懂得了如何才能做一个让上级组织放心、让群众满意的团队领导者。

我刚到《人民文学》时，和韩作荣、李敬泽仨人同一间办公室。那时，早上上班来，我看到他们两个人都在伏案看稿子，或给作者写回信等，过一个小时或半个小时才互相说几句话。受他们俩的影响，我也只好低头看稿子、写回信。那时的我，是个活泼有余稳重不足的青年人（当然，李敬泽比我还小几岁，但他或是少年老成，或是有较好的职业精神）。正是在这种工作氛围里，正是在这两位优秀的编辑身边，我学会了怎样做一个好编辑。有时，听他俩对一篇作品的讨论，我在一旁偷艺；有时，听他俩说一个社会段子，我体会了编辑的幽默和作家的俗世快乐。后来，我也加入他们的业务讨论，也可以开怀地讲段子了。我们一起哈哈大笑，一起抽烟、喝茶。

说到抽烟，有一个故事。那是一个冬天，我们的办公室关着门，我们仨低头看稿子，抽烟（韩作荣是一支接一支不断火地抽，李敬泽和我差不多十分钟抽一支），许久都没有抬头说话。这时，另一个编辑室的编辑到我们办公室来，一开门就被一股烟浪推了出去，那位编辑大喊："着火了！"我们抬头时才发现，满屋的烟雾已让我们如神似仙的了。

那一段时光，早已铭刻在我的骨子里。对于我，那是一段由虚弱走向坚实的历程，是由自卑走向自信的历程。那是一段行为上矫正自己，知识上填充自己，工作上壮大自己的历程。

后来，韩作荣升任主编搬走了，李敬泽升任副主编搬走了，我在那间办公室一直坐到2009年，也去做了副主编。

在《人民文学》这十二年里，我经历了四任主编：刘白羽、程树榛、韩作荣、李敬泽。这四任主编的工作历程是《人民文学》最后一次复刊后，从复苏到蓬勃的过程。我从他们身上学到了许多让我受用至今的学养和工作经验。当然，还有崔道怡老师、王扶老师、肖复兴老师及当时的老编辑们等，都给我输送了许多营养。这些养分，在我当下的工作中正释放着能量。

《人民文学》的团队精神、祥和的气氛、每个工作人员的责任心和岗位意识，都是我现在工作的追求和方向。

铁打的营盘流水的兵。《人民文学》是那铁打的营盘，我及其他一些离开《人民文学》的人，都是流水的兵。离开《人民文学》两年多了，但我依然觉得我是《人民文学》的人，时常会顺嘴说："我们《人民文学》……"在感情上，我已把《人民文学》当作我的又一个出生地，暗地里把自己当《人民文学》的至亲。

于虚无中对抗，在沉默里燃烧

——关于韩作荣诗歌

在2014年6月30日凌晨写下这个题目时，韩作荣老师仿佛坐在我的对面，抽着烟，喝着茶，微笑里带着孩子气，眉宇间锁着凝重，谈吐时缓时急，有可说则说，无可说则止。我想起很多年前他说过的一句话，实际上这也几乎是他一生的信条——“不喜言谈，愿意被人忽略。”（《重叠的水》，人民文学出版社2006年版，第443页）对于我个人来说，甚至对于整个中国诗坛来说，他的诗是不能被忽略的，他的人格、品性更是不能被忽略的。这是一个一生于虚无中对抗的诗人！这是一个在沉默中寂寂燃烧的诗人！

韩作荣是在部队里开始写诗的，他的第一本诗集叫《万山军号鸣》。这本小书里的诗，自从我认识他后，他就再没提起过。这足以证明，他彻底否定了自己那时的作品。新时期以来，中国新诗一方面蓬勃着，一方面纷乱着。最明显的是，在一个阶段里，部分诗人和诗歌作品在所谓的“先锋”和“后现代”幻觉和集体冲动中，表现出对抗传统、对抗历史、对抗先师、对抗宏大叙事的特点。而此时，韩作荣却在这股对抗性的时代潮流中，储存力量，汲取营养，大量阅读西方以及中国传统诗歌和本土其他诗歌写作风格的理论和作品，仔细分析当时的诗歌现象与各种流派，做笔记，写心得。这使得他自身的诗歌实践在二十世纪九十年代始，在思想意识上、诗歌趣味上、诗意开掘上、表达手段上，都有了一个很大的提升，表现出成熟、稳健、厚实、细腻的风格。这时期后，他的作品有着火焰一样远看像花瓣，走近却灼人的力量。

几十年来，他用人格的力量对抗意义与现象的虚无，用诗歌的美学力量对抗伪抒情与技术主义的虚无。

韩作荣的诗歌创作蜕变，应该是从二十世纪八十年代开始的，他的《可我不要装饰》，可以作为其诗歌转变的标志。

可我不要装饰

可我不要装饰

不要窗帘装饰阴暗
脂粉装饰萎黄
不要假花装饰寂寞
尘埃装饰青春

以大滴大滴的血装饰麻木
多么可悲

可我不要装饰

不要琴弦装饰痛苦
笑容装饰悲哀
不要虚伪装饰死亡的爱情
嚣闹装饰孤独
用噩梦去装饰静夜
多么可怖

可我不要装饰

不要厚茧装饰诗行
皱纹装饰灵魂
不要衣冠装饰走兽
油彩装饰口唇

用装饰去装饰人生
多么可怜

这首诗写于八十年代初期，他刚脱下军装几年后，那时他还在《诗刊》做新编辑。这首诗，依然和他后期的诗歌有着较大差距。但这是他新的起点，是蛹咬破茧壳，是羽化的征兆。虽然，这首诗还有些夹生，有些说理，有些蹒跚，但这是他对诗歌重新认识的一次飞跃，是又一次吹响冲锋号。从这首诗开始，他由过去仅对外在事物的描摹、观念的表达、生活气息的呈露，转变为对生活本真及内心真实的关切。这种变化是脱胎换骨的，是根本性的，为他后来的创作喷发打下了坚实的基础。

这一首诗在八十年代的诗歌语境下，还有着另一番意义。那一时期，中国的诗坛正处于转折中，很多诗人的诗歌有着大量的装饰性。也就是说，那一时期的诗人都在用各种东西装扮自己，比如西方的、现代派的、口语的、后现代的，等等。而诗人也把自己装扮成了先知、启蒙者、英雄、市侩、痞子和诗歌烈士。并不是说那一时期的诗歌一无是处，问题是那些诗人还没有在真正意义上找到自我，找到诗歌。

更进一步地说，《可我不要装饰》是他坚守本民族审美立场、吸纳现代性诗歌创作手法的开端。接下来，他沿着这条路不断地探寻。这期间，他创作了一批过渡性的诗歌，如《穆库尔谷地》《深秋的十六行》《瓢虫》《雪季》《伏在灯影的斜坡上》《童话》等等。说这些诗是他的过渡期，是因为此时的作品还没有达到他的艺术高峰，还处于艰难的爬坡阶段。进入九十年代，他就进入了一个收不住脚的爆发期和跨越期。也就是说，他的诗歌创作由缓慢的爬坡期进入到飞速前进的跨栏期，也许这个比方不是太准确。这期间，他创作的代表性短诗有《潮动》《杀鱼》《裘皮店》《台球》《边缘》，长诗有《重叠的水》《无言三章》《无题三章》《无为三章》《火焰》《火域》《伊金霍洛》等。

其中，《杀鱼》是创作手段最圆熟、表现力最强的一首短诗。

捏住鱼的头骨，刮除鳞片
鱼尾迅疾地击打水池
鱼渗出一痕痕细的血丝
剪去鳍，揪去鳃，鱼流出黑紫的血
掏除内脏，肉体还在抽搐
鱼还活着
孩子说，把头切掉，鱼就死了

割掉头，鱼也不会死
我想起儿时看人杀鸡，剁了头
无头的鸡仍向前奔跑
在雪地滴一串红的血
血是红的，鱼肉是白的
刀是凉的，油是热的
那鱼在锅里还在蹦
我想鱼还在恨那把刀。可刀呢
该恨刀柄吧。我知道
刀柄是块木头，它不会恨我

诗中生活细节的使用恰切、有力，物象缥缈，具象鲜活，反讽精到，余味悠长，有绕梁三日之力。

在长诗中，《重叠的水》是诗质含量最高，诗性意义最强，也是解读难度最大的一首。记得那是1994年的冬天，我俩坐在他和平里的那间小书房里聊天。当然，除了天南地北地聊，也要聊诗歌。聊着聊着，他突然说：“我刚写了一个长的，你看看。”我说：“回去看。”我是不想把我们聊天的时间用来看诗的。回去后，我看了一遍，觉得好，但说不出究竟好在哪里。再看一遍，觉得真好，还是难以透彻地解读。这首长达43节的长诗，从情感的隐秘处出发，进而把社会生活、人文环境、道德伦理、生命现象等等全部涵盖。尤为可贵的是，这首诗不说理、不说教、不响亮，只呈现、不主观、不客观，只为诗意的深厚和审美的开阔去选择材料。有理性的支撑，有感性的顿悟，有激情的冲涌，也有节制的平衡。全诗波澜壮阔，但起伏有度，开合有节。这正如韩作荣在《语言与诗的生成》中所说的：“诗的重要不在于主题的鲜明与巨大，或内容的庞大和情感的丰富，其价值在于艺术强度和其精神内涵的丰厚。”几天后，我去他家，和他认真聊起这首长诗，他对我的阅读感受和想法也不正面回答，只说，写完这首诗，让他自信了许多。平心而论，《重叠的水》是韩作荣那一时期创作的顶峰，也是他一生诗歌创作的高点。这首诗内蕴丰富，密度很大，张力很强，诗中大胆使用刻意的停顿，用外在的节奏来帮助情绪的释放。词语平常，表达隐忍，诗思稠密，一股坚韧、坚定的情绪贯穿始终。诗中的人物若隐若现，诗中的事件似有似无，表现手段丰富，隐喻、反讽使用得得心应手。读后感觉是受到用棉花包着的铁球击打，让人神思邈远，心底战栗。细读会被诗中的一股风吹动，会忽明忽暗，会痛痒兼具，甚至银牙咬碎，但就是找不到被弄疼的具体部位。这就是《重叠的水》的高妙之处。这首诗是韩作荣主动地用诗歌对社会发言，对人类共通的情感疼痛发言，对当时诗歌创作中的虚妄、虚伪、虚汗发言。韩作荣自己也很看重这首诗，他说：“这首长诗表达了身体的经验、情感的经验、内心的经验，接近了诗与生命的同一，在某种程度上，揭示了潜意识中本我的真实状态。”他自己的解读也是停留在创作理念和体会上，而不是针对文本。

当时我在一家民刊《中国诗坛》做副主编，1995 年第一期，我就把这首长诗发表了。发出后，许多诗友和我探讨这首诗，我们研究、琢磨，但也只是停留在我最初的感觉上：觉得真好，真难透彻地解读。关于这首诗，《鸭绿江》的诗歌编辑柳沄用电话和我讨论了一个多小时，后来，《鸭绿江》也全文刊发了这首长诗。接着，又被几家刊物刊载。很多年后，我还能想起韩作荣写作这首长诗的初衷——“如果我们不能颠覆现实秩序，就让我们颠覆语言秩序吧！”

我相信，将来这首《重叠的水》还会被重视，还会被重新解读。至少，于我个人而言，我有闲暇时就会反复捧读。这还不只是我对他为人的尊重，更是对他诗歌的尊重。

韩作荣做人立场坚定，旗帜鲜明，抑丑扬善，表诉直率。只有在写诗时，他的弹性、委婉、修辞能力才表现出来。他的诗，是他性格、性情的艺术呈现。

韩作荣离开我们已近一年，每当我空落时就会想到他，会去读他的诗，那时，心底就不再虚无。

韩作荣注定是在虚无中对抗，在沉默里寂寂燃烧的诗人。

在午夜的北京，隔着生与死的距离，我想起了他给人猝然一击的诗句——

注视，用眼眶间含水的光线
一颗意想不到的火星，燃起的火会怎样
把泪水烧干，可光亮和热力裹不住灰烬
是命运么？

纠 错

在无雪的冬天里，读荣荣即将出版的诗集《时间之伤》，是有多种期待的。

雪不来覆盖陈旧的大地，诗歌铺满我的视野。求新，是诗人的本能。

荣荣不是复杂的人，诗也不复杂。荣荣是个有情趣的人，诗也充满情趣。不复杂不是简单，有情趣不是贪玩。近二十年来，读荣荣的诗，知道荣荣是个感情丰富的人，是个用理想来调整自己的人。这本诗集的名字叫《时间之伤》，可想而知，一定是理想被现实生活所伤之后的顿悟与参破。

一个情感丰沛的理想主义者，所承受的伤痛大多是来自命运的，而命运又是由时间来左右的。于是，多情善感者，理想高远者，必受时间之伤。理想者的命运大多不会掌握在自己的手里，尤其是时间这个怪物，关键时刻是绝对不帮忙的。这是这本诗集的核心部分，或者说，荣荣正是用这本诗集来诠释这样一个命题。

首先，荣荣的伤是有渊源的，是情感动物属性的遗传。她的伤，肯定会被后人延展，更会被当下人复制。其次，荣荣的伤是独立的，有着个体体验的隐秘性。个体的隐秘之伤是不可复制的，也是不可延展的。我说的不可复制、不可延展是她诗中的个体呈现，是她诗中独特呈现的这部分。

用喝酒的状态去判断荣荣是错的；用朗笑和侃谈去判断荣荣是错的。判断一个真正的荣荣，只有用她的诗。她诗中的沉郁，诗中的豁达，诗中的柔弱，诗中的霸气，构成了一个兼具多种表现手段的诗人荣荣，一个现实里鲜活的荣荣。

我相信荣荣的诗，相信诗中的荣荣。她的诗忠实于她的心灵，可靠地记录了她的情感历程、生命历程。这本诗集里的荣荣，没有嬉笑怒骂，没有撒娇发嗲。有的尽是持重、宽厚、深刻、尖锐。她的诗绝不是那些读过便一切都过了的轻浅之作，只要你肯咀嚼，必将余味悠长。

我曾多次和荣荣推杯换盏，多次天高地阔地畅谈。喝酒和聊天时，荣荣是开阔的、阳光的。但在停杯之后，语罢之余，她的眼眸深处就会透出些许忧郁与哀伤。那是心底伤口的气息，是再精细的女人也藏不住的疼痛。

她很自谦，且自谦得诚恳，自谦得让你相信。在她的自谦里，我看到了她对自己的否定，对自己过去时光的叹惋。

诗人都是爱做梦的人，荣荣也不例外。荣荣的梦想和她的生存现实之间有着较大的落差，这让她有些慌乱。由是她发问：是自己的梦做错了，还是现实发生的错了？接着是纠结，理顺；再纠结，再理顺。一个不断地梦、不断地醒的过程，就是不断犯错、不断纠错、不断再犯错的过程。我真的钦佩荣荣有拿破仑式的英雄气概：不相信这世界和人类有什么不可触摸的隐私。

而荣荣使用的兵器，是最简单的光明透彻和坦荡如砥。近期她常说：“我更了，我怕谁。”而我更愿意听到的是：我是今天的荣荣，我怕谁？

她一直在与自己斗争，在自信与自卑间斗争。她说出的心底话，大部分是有具体对象的。但她不在意她的话是否能够送达，甚至不计较这个世界是否承认她的存在。她只管自己说。像对着天地、神灵说。她庄重地说，肃穆地说。她诉说时，把自己心门打开，展示自己灵与肉的秘密。这个秘密不是陷阱，是有着强大精神诱惑力的诗性表达。

荣荣始终是个信念的猛兽，始终保持着亢奋与警觉。她情绪饱满时，可以让情感如瀑布跳崖；警惕时，可以把一片落叶写成万马奔腾。重要的是：当生命与信念相遇、相争时，她一定要让信念取胜。此类作品，约占诗集的大半。

她也常在记忆里沉思，在精神宏大与生活俗常之间摇摆。她挣扎，她挣脱，她求证，她求真。她是典型的在天堂和俗世间行走的乌托邦信徒。尽管她时常哀叹，但她的一声哀叹，往往不是无奈了，而是放下了。

她对精致的美、喧嚣的热闹，有着本能的怀疑；对欺骗、背叛、怯懦、愚蠢，有着与生俱来的愤怒。她有天生的温婉和细腻，温婉和细腻是她诗中的重要元素。她笔下的月下流水、风吹草动、花落蝶飞，不矫情，不虚妄，寓意饱满，留白得体。她的适应能力很强，当粗粝的生活迫使她去适应、去反应、去表态时，她学会了词语的太极，出手温和，却招招坚定，式式暗藏杀机。

读完这本诗集，我由衷地为荣荣所折服。折服于她欲打开无解之结的痴心，折服于她笔下的浩荡之风，更折服于她为理想而犯错、为情致而犯错的勇气。

再多说一句：这本诗集是荣荣前几十年写作的一个新台阶、新高度，是最能表现她独立品格的当下状态。这本诗集还是她创作手段和人生秘密的仓库。

诗是经验的生长

——《云南记》浅读

雷平阳《云南记》中的作品，有一部分是我在过去的阅读中零散地读过的；这次，我收到这部诗集后，用十余天的时间接续地读完。合上这部诗集就感叹“诗是经验的生长”。当然，这个经验是诗人的生命经验和创作经验。虽然，这本诗集的作品大多反映的是诗人生活所在地的“云南经验”，但我们不能因为一个诗人诗作大量使用了某一地域元素，就界定该诗人是只能写某地域或有地域归属的诗人。云南是诗人的生活之地，亦是生存之地；这个“云南”与“山东”“河北”等地是诗人的生活、生存之地并无差异。至少“地域元素”“云南经验”没对我的阅读造成什么障碍。

在这本诗集中，我看到了诗人的生活态度和价值观；看到了诗人对日常生活谦卑细腻的体察与敏感；看到了客观事物一旦出现在诗人笔下，就立刻是主观的，就会显示出诗人内心深处被重重遮蔽的隐秘。因此，我在读《云南记》中的每一首诗时，都会很轻易地被诗人带入他真实的感情与真切的现实里。

在我读完《在坟场上寻找故乡》时，曾哑言半晌。不是失语，而是因突然面对阔大无边的漠野和死寂而惊愕。诗中，诗人的声音是那么的微弱，又是那么的坚定。这首短诗，让我想到在这样一个时代里该怎样去做一个幸存者，该怎样去发现一缕阳光、些许愉快以及坚定生存下去的决心。诗中的主体以个体形象“我”出现时，呈现着一种遗世独立的孤绝姿态，“我”与世界的关系既是疏离的，也是对立的。“我”感受着外部世界的巨大敌意，甚至伤害，内心装着落寞、困顿与犹豫。他一方面表现出个体的抵抗，一方面表现出对生存条件的依赖：“拨开草丛，踉踉跄跄地寻找故乡。”

我一直质疑“诗意的时代”这样的说法。时代是当下的存在，是现实。现实中有真相、假象。时代是否有诗意，取决于人在现实生活里的精神状态。雷平阳没对时代引吭高歌，也没有刻意对时代挖苦。重要的是，雷平阳是个不屑于表现世俗乐趣的诗人，这也就注定了他必然要与现实生活对峙，他的诗歌创作不仅需要他有鲜明的立场，还需要有文化道德。以他的《回乡偶书》（一至五）为例，我深切地感受到了他的良心负担和歉疚感。这五节短诗看上去是叙家事，可稍一沉淀，就“赖城市所赐，很多人，都没有扛住/无孔不入的降服，患上了梅毒和淋病，身体里那本/邪恶的《传播学》，令人不寒而栗”。

很多年以来，一直有人在讨论诗歌的“纯粹”与“现实”的问题，当然是在讨论诗人的内心情感与外部世界的问题，诗人的生活是来在内心还是来自客观事物？我至今还没看到脱离现实而纯粹的诗。当然，任何一首诗中所呈现的现实，也绝不是“完全的现实”，诗人手中的笔不是照相机。诗是主观的，诗人先想象自己，再围绕那个想象来营造一个与之相匹配的“现实”。雷平阳诗中的“现实”，都是他经历的，也是他营造的。

雷平阳在白描现实时，是湛然而透彻的，有带着敏感体温的柔和色调。他在使用修辞和意象时，又常常带有冷峻而深刻的力量。他的长诗《春风咒》，就是一个代表。

我不能下定义一般地说雷平阳具有如何强大的超越性的想象力，但我可以说雷平阳具有整合文化的特殊才能，或者是让感官和思想有力结合的才能。读他的诗作，没有任何“门槛”：简朴的语言，惯常的事物及场景，看两眼很容易就亲切起来。而读过几行、几节后，他的“感官”就把你带到他思想的深邃处。然后，就是读后的“反刍”。诗歌的力量往往就在这“反刍”里。

我对《云南记》的反刍是：雷平阳是个严谨的诗人，其严谨表现在他对语言和生活的伦理责任。他的诗歌，没有蓄意制造，也没有按图索骥，更没有扭捏取宠。我看到的是他在诗歌创作上的孤独努力；看到的是他把云南的一山一水、一草一木都当作时代、天下。

忽开忽合的境遇

我对一个诗人的判断，完全出于我的编辑职业思维。一个好的诗人，一定是越写越好的人，其作品也一定是越来越向生活的深度和审美的广度开掘。宋晓杰就是一位这样成长起来的好诗人。其近年的作品，叙述的可靠与情感的真实，让我们看到了诗质的清澈与精神的蓬勃。

我手边这本宋晓杰的诗集《忽然之间》，读完后，首先是觉得书名好。尽管这是书中一首诗的名字。但作为书名，当另有解读。人活着，就是在不断地面对忽然打开或忽然关闭的各种通道，忽然取，忽然舍。忽然之间，考验人的敏感、韧性与坚强。更重要的是，我在“忽然之间”这四个字及诗集《忽然之间》里，读到了诗人四十几年的“境”和“遇”。“境”是诗人的幻觉、梦呓，是诗人的潜意识的情怀，是用兴象来见智慧、见胸襟、见情趣、见寓意；“遇”是诗人的具体故事，是身体的摩擦、碰撞后的伤口与划痕，是精神的折返跑，是鲜活的人、生动的物、难尽的意、未了的情。“境”和“遇”在逐年积淀后，像溢过堤坝的水，让诗人不紧不慢地流淌出诗情、诗句。

合上宋晓杰的诗集，忽然就想起艾略特的诗句：“要像闻到玫瑰香味一样感知思想。”

下面谈谈我读《忽然之间》的几点浅见。

一、低燃点，高热量

宋晓杰的诗，常以日常生活中易被忽略的琐碎事物或一丝一缕的小情绪为入口，使读者能很轻松地进入到诗人的情绪中，她所选择的小事、小物、小情、小趣，是普通的，也是亲切的，让人来不及警惕就被带进她的诗歌营造的世界里，从而感受诗人高超的审美能力和恰切的语言表达能力。如《土豆》《锈钉子》《简笔画》《稻草》《走时不准的钟》《这一天》等等，等等。这些诗，都来源于生活中可能经常被忽视的物件，而当诗人郁积的情绪（更多的是孤独感）与它们相碰时，它们就成了诗人情绪的承载物，使得这些细小的事物顿时发出非凡的声响。这些小事物生动起来，诗行也鲜活起来了。宋晓杰在处理这些小事物时，不是简单照相，不是平光的直视，而是有时用这些事物来窥探自己的内心，完成物我互换、互动；有时为它们重塑金身，把“具体”化在茫茫的兴象之中，赋予这些寻常的、琐碎的物件以无限遐思和多种可能。其实，当这些小事物被写进诗里，就已经淹没在诗人的精神诉求中了。

这一类即景、即事、即人、即物的诗歌，都是从实实在在的生活和情感经验出发，忽开忽合，看似信手拈来，但落笔时诗人已充满自信。可谓情虽寄八荒之表，言却在耳目之内。当然，诗中的花儿们，都是开在时间之外的。

以《走时不准的钟》为例，诗中的现场感很强，现场中的人和事都被刻画得入木三分，同时，诗人在时间面前的慌乱，也表现得淋漓尽致。

二、细微与宽大

读完这本诗集的另一发现，是宋晓杰的敏感与耐心。

宋晓杰的诗，有些是聚焦一处，有些是散点透视。而聚焦与散点都应该是诗人心灵形式的状态。聚焦，是属于她一个人的真切与细微；散点，是具有公共属性的宽大。聚焦部分，有着炽热的温度；散点部分，有着公共的法度。正是这样，使她既是自己情感关系中不断挣扎的人，也是社会关系中自然平和的人。诗人的矛盾深埋在心底，诗中看到的也仅是万种风情无地可着的情绪。她是孤独的，但绝不是在社会关系中的孤单。

她的聚焦，大多来源于创伤性记忆，如诗中表现出的敏感、脆弱、艰辛和不愿与世俗苟同地活着等，这些都是她内心世界的秘密。一方面她用极大的耐心保持这份秘密的热量，一方面又不失时机地把心房开个小口子，让这份秘密透透风。让秘密透风的目的是渴望有人能真正欣赏她这份秘密的甜度、热度，比如《给一个人——》《早亡者》。当然，她最希望有人能领略她的内心世界。比如，她的“雪”系列。这本诗集中大约有三分之一多的篇章和雪有关，相当多的诗是专为雪而写。“雪”是她的环境：是情感环境，是生活环境。“雪”有时是记忆中的影子，有时是现实中的实物，有时是一个活生生的人，有时是幻象、是梦。不难看出，“雪”是她热烈的源泉，是她爱与怨的根。当然，把诗中的“雪”归结到一个具体的人身上，是阅读的愚蠢。宋晓杰把“雪”当作一个独立存在的物象，是她在孤苦时唯一值得信赖的物象。“雪”还是她感到痛苦和不公时的替代性补偿物。

她的许多诗写的都是记忆。记忆是诗人独处时最可信赖的伴侣。记忆里的东西重新咀嚼，会丰富并找到一个新的自己。那些值得记忆和能激起记忆的人与物，一定给诗人的情感和生命烙下过深深的印痕。在诗中，记忆里的东西被她赋予了新的意义，并使之焕发出更饱满的情愫。

我很喜欢她的那首《雪夜，为自己温一盏酒》，诗中除了那句“船已调转方向”略显突兀外，具备了好诗的所有元素。这首诗是“雪”系列里的佼佼者。

三、执着与争吵

诗歌是情感的王国，是诗人撒欢的地方。可任意“兴、观、群、怨”。宋晓杰也是如此。她的诗中，有暖暖依依的心怀，有绵绵软软的心痛。她的爱与怨可能生发于一个故事，可能是心底的一段经历。她爱家乡，爱土地，爱儿子，爱她的他。她的爱是向往光明，她的怨是总看不到光明的结局。纪伯伦说：“一个人有两个我，一个在黑暗中醒着，一个在光明中睡着。”这句话活化了宋晓杰本人及其诗中的状态。比如《春天，应该……》，一边是追求奔放，一边又不得不忍耐；忽而是扎实的具体事物，忽而是幻境中的梦；疼里含笑，爱中有泪。还有《不欣喜，也不悲伤》，写得既有生活的质感，又有情感的绚烂；一方面释放出强大的朴素力量，一方面表现出情感通道不畅的隐忍。有张弛，有开合，真实地表现出诗人被生活擦破肌肤的尴尬与无能为力。她释放不满，又总能宽容。当几条路都无法走通时，她就相信宿命。她常常因需要爱而恐惧，而拒绝，而封闭自己。内心狂热，表面羞涩。“怀着一颗植物的心，无毒，绿色/轻轻地破土，轻轻地放手……”（《独坐雪夜》），她有时也想鼓足勇气走出幻想，但往往被羞涩、公共道德挡了回来。她无奈地说：“只有我，是越来越旧的……”

写到这儿，我想起罗伯特·弗洛斯特给自己写的墓志铭："我与这个世界发生过情人的争吵。"我觉得用这句话来界定宋晓杰诗歌中的情绪，应当是恰当的。

四、缺憾与期待

宋晓杰的写作有着自主的随意性，这种写法虽然有利于情感的奔泻，但有时也会失去理智的法度。当然，感性的诗歌是不能用逻辑关系来判断的，可"失理"过多，会让诗歌走向"异质"。还有，她诗歌的语言尚不够精粹雅洁。尽管如此，我对宋晓杰未来的创作还是有较高的期待。相信她内心已有的强大乌托邦力量，会推动她加强内省的觉悟，写出现实感更强、美学力量更壮阔的诗篇。

警觉的阅读者

——读霍俊明《新世纪诗歌精神考察》

近些年来，一直困扰我的一个问题是：我们需要怎样的诗歌批评家？诗歌批评家的伦理何在？这似乎是个伪问题。泱泱诗国，几千年文学史，还要讨论这样浅显的问题？平心而论，现在就是得讨论，因为现实中这个问题已经让我们不得不严肃地对待了。就像经常被媒体报道的电视上经常堂皇出来的为牟利伪装成专家卖假药的人，在主流媒体屏幕上大行其道，难道还不是问题吗？更严重的、社会影响更大的是：老人摔倒在地上，没人敢搀扶；处处有乞丐的手伸向你，没人愿意解囊。信誉、善良、伦理、公共道德彻底土崩瓦解后，社会上的、艺术上的任何意义都成了笑料。

我一向认为：诗歌评论家首先是一个社会修养、道德、品格上的佼佼者，然后才是一个更专业、更有理性经验、更有言说能力的阅读者。这样说似乎有些概念化。具体的，当然要看这个评论家评说什么样的作品，怎样读作品。那些为了自己的利益才去评说的理论文章，我认为是骗局。陷在骗局里，是不可能提供意义来讨论的。

还有一种评论文章，我也很讨厌，就是大量挪用西方诗歌理论和概念来讨论中国诗歌的美学问题，像学术表演，假大空、高大全、脚不沾地地鬼打鬼一通。我读了这样的文章就想说：吃了比萨饼，你就是意大利人了？喝了伏特加，你就是俄罗斯人了？故弄玄虚和弄虚作假没什么区别。当然，我也反对用政治性、社会性来遮挡文学性，用伦理道德观来代替艺术审美的理论文章。

我钦佩的诗歌理论家，是那些能对作品做自发的、具有职业精神的发言，是那些具备了看出这个时代诗人的想象才华与创造力度的能力，并能够阐释和厘清哪些是扩展了我们的精神空间、表达空间元素的人。有这种能力的理论家很多，只是主动这样做的不多。

霍俊明先生是个青年理论家，也是个有着自发主动的职业精神的理论家，他的这本《新世纪诗歌精神考察》就是有力的证明。霍俊明是70后，他的成长环境、世界观，都是70后的配置，这为他撰写这部以70后诗人与诗歌作品为主的考察，带来了极为便利的条件。也更能让他的感受力和想象力得到有效释放。

《新世纪诗歌精神考察》与其说是对诗歌精神的考察，莫如说是对一代人的诗歌生态考察。霍俊明在这部书中，主要对70后诗人的社会教育、艺术修养、成长环境、诗歌的表现力进行了细致的梳理与归类，同时，也纵向地解析这一代人的诗歌传承与可预想的未来。他是梳理不是总结，是对一代人的生存和文本条清理晰地解读，实证实悟，不是历史学的鉴定归档。无论如何，这部书充分地展示了他丰厚的学识积累与智慧的思辨能力。书中有浩大的历史意志，有弱小命运的呈现，有对诗人探索与发现的机警认识，有直接面对心灵的爱与恨的差异。可以看出他在书中立下的志向，看到他青年意气的、强悍的讲述欲望，也可以看到他的经验尺度。

不过，好在霍俊明并没有哗众取宠地告诉我们，他发现了70后这一代诗人强大的什么什么，使诗歌及至文学诞生了什么什么的新天地。因为，霍俊明清楚地知道，一批新诗人出现了，诗歌或文学并不会像拆迁一样推到再造，重新开始。霍俊明坦陈：70后诗人的作品也是雅俗杂陈、相克相生的。霍俊明不是要从这代诗人身上发掘炫目的力量，而是要把这一代诗人的原貌保存下来。主观表扬少，客观澄清多，这也是批评家的主体责任。

《新世纪诗歌精神考察》主要是对70后这一代诗人的“考察”，这种圈定在一个群落中的述写，似乎会对整体诗歌理论力量的发散有限制，或者觉得是同代人在讲自己的事。其实，这是正常的。第一，文学领地本来就居住着各个不同的群落，不同年代的人有不同的诉求；第二，批评家一定是个唯心主义者，或者说一定要找到最适合他释放能量的作品，主观地说话。所以，霍俊明以70后为主要言说对象，有他的心理偏向，也是由他的生活、阅读的经验所决定。可以肯定，任何一个批评家在讨论、判断诗人和作品时，一定会带着个人的偏见和局限，这也是批评家个性化的一部分。反之，一个批评家若失去了个性，就将失去警觉和主动，滑入泛泛。

读完霍俊明这部《新世纪诗歌精神考察》，我曾怀疑：文学或诗歌是否要依附于历史？因为当霍俊明对诗人及作品进行评判时，一定要强调时间性，并将对时间的理解归结给历史。当然，文学乃至诗歌依附于历史也是由来已久，一句“青史留名”，似乎都可以一切了然。但一部理论著作真的要看历史的脸色？一定要担心历史的淘洗？我也仅是存疑。诗歌本来就是个等待的艺术。等待什么？理论的正解？还是历史的盖棺论定？

这部《新世纪诗歌精神考察》，有霍俊明的浑厚、圆融，也有纠结。他纠结什么？是怀疑他的理论正解，还是等待历史的肯定？

每个读者都有自己的正解，每个读者都带有历史性的判断。

包山底的孩子

——序慕白诗集《在路上》

初见慕白，无论如何也难以把他和诗歌联系在一起，他粗犷得有些愣头愣脑，言谈举止流露着匪气。尤其是喝酒，他有一种勇往直前、不怕牺牲的精神，让人生畏。坊间常说：酒品即人品。其实是说与朋友对酌不畏醉，其人坦诚可鉴也。他的性格我很喜欢，也与他一见如故地交往起来。但我依然怀疑他会写诗，会写出好诗。

事实上，慕白会写诗，而且能写出不错的诗。读了这本诗集，发现他的笔下有历史的风云际会；有乡村的草长莺飞；有内心的爱恨交织；有具体生活的油盐柴米。他的诗看似莽撞，实为自信，他在写作时，既把自己当作这首诗歌的主人，也把自己当作世界的中心。对外部世界常常绵里藏针，对自己内心情感却往往片语伤神。由是我慨叹：人不可貌相是多么准确的总结。因为在他粗犷的外表下，我读到了细腻的情愫、睿智的敏感和向往泥土的忧伤。

诗人大多是乌托邦的信徒，慕白也不例外。他这本诗集的作品，都是在诉说他精神流浪的过程。他想念生他养他的故土“包山底”，想念他儿时的“飞云江”，想念他一家人在包山底小院里暖意融融的生活——这一切，我都看出他在用最原始的虔诚和现有的知识力量来怀想那些曾给他无限暖意的“无污染”的生活。善于怀想的诗人，心里一定有一个强大的精神王国。现在，他是县城里的公务员，曾经无污染的生活难于寻觅，于是，他在诗中便谐谑、批判、讥讽现在的城里生活。他一边袒露隐痛，一边压抑勇敢，让我们明显地看到他身体的自由和精神的恐惧，看到他为自己定制的一副忍耐的枷锁。他的精神向往，依托诗化的语言与现实抗衡。更多的时候，是深深地隐藏力量，用一些市井的俏皮话瓦解严肃的生活意义，而这种瓦解常常是在诙谐之中一针见血，并且诗情意趣尽显。

慕白在诗歌创作上是随心所欲的、日记似的，耳闻目睹、所思所想尽入诗来；怀想、梦想尽在诗中。在技术上，让我频频赞许的，是他的作品没有那些花里胡哨的语言伪饰，始终坚持着率真与直叙，没有矫情与扭捏。他不用诗来装饰生活，也不用诗来装饰自己，他不会让词语阻滞情感在诗中像瀑布一样流泻，也不会让词语把情感粉饰得华丽造作。他选择“实在”的词语，他控制着情感表达的节奏，让诗歌的律动恰好是他要表现的生活回声。他没要求诗歌为他做点什么，他只是把自己的良心交给了诗。所以，他的作品呈露出本真的、暖暖的、芸芸众生的诗意。这种诗意大抵就是海德格尔说的“诗意地栖居”吧。

为自己的小兄弟写序，本想做一次漫漫的“手谈”，但是读完这本诗集，觉得我也别矫情了。向慕白学习，真诚而不做“匍匐”之态，是为人、为诗之根本。

攀　岩

——读慕白诗集《行者》

拿到这本书时，我的心情很复杂，有几分忐忑，也有几分欣喜。

我一直把慕白当作自己的好兄弟，他在首都师范大学驻校一年，就要结业出站了，我希望他这一年在创作上能有较大进步，希望他对人与物的认识更加成熟。诗集《行者》读到一半，我的心情开始平和起来。于是，写出如下文字。

我读这些诗歌时，心里在想：慕白是经过怎样的个体挣扎、自我警醒和不断的自我鞭策，才获得如此的进步？

任何一个青年诗人的成长，其目标和方向是大致相同的，而所走的路径却大不一样。有的人一步一蹒跚或一步一个台阶，而慕白选择了在悬崖峭壁前直接攀岩，攀岩的直线距离虽近，却是充满风险。他成功了，至少是初步成功了。

五年前慕白的诗歌和今天我们看到的慕白诗歌，应该是截然不同的。

五年前的慕白，在诗歌中所表现的是乡村经验的简单叙事、肉体的沉沦和阴郁，那时，他的诗歌能体现出来的审美方向，也是在恍惚中建立的带着物欲的单线条诉求。他那时的诗歌写作所呈现出的元素，在今天我们看到的这本《行者》里保留较完整的，就是硬气与悍然。

我从诗集《行者》中，看到了慕白在结构上的沉着与缜密、语言的自然与冲淡、意境的纤秾与绮丽。当然，气韵上依然是豪放与疏野。而最重要的是：他能够妥帖地安放自己的精神，坚定地叩问：我为什么活、为谁活。

一首诗就是一个诗人的一段心事，一本诗集就是一个诗人在一个时期的心灵秘密。诗人是以“我心”为界的。这本诗集《行者》，已经呈露出慕白“本我”与“诗我”的心理活动状况与生活状态，从诗歌的无形缝隙中投射出他的生活目标以及幽深、忽明忽暗的生命意义。他在诗中，一直隐隐地表现出粗犷中的柔软与悲悯，一直用高亢的声音来压制内心里的病痛。他想反物质，就故作飘逸；他想诉委屈，却装扮出旷达。他让情感在实境中自然流动时，让语言只做承载物；他让语言张扬悲慨时，又让情感委婉地只露端倪不显真容。他对远去的人与事，只描述，不诠释；他对现代的城市有敌意，却大大方方地接受，把内心的隐秘附着在美好的愿望里。他不做“好为辩驳”之事，不做胡搅蛮缠的批判，粗粝中透出一个诗人襟怀的宽阔与澄净。

他懂得，一个诗人并非一定要背负社会等级的包袱，他只想慢慢地成为自己想成为的那个人。他的诗歌也没有一定要去影响社会或他人的任务，他只愿意将诗歌作用于自身。所以，他在复杂的情感面前，选择了用简单的词语平淡地叙述；他用看似遥远和含糊的无起伏的抒情，来十分确定地记录生命印记与情感存在。

诗歌是种不讲理的艺术形式，主要表现在：个体的经验就是个体的真理。这一点，慕白做得很好。

我很喜欢他的《兰溪送马叙至乐清》，并不很长的一首诗，却把人生的际遇、情绪的慌乱、对未来的迷茫都表现得淋漓尽致，丰富、饱满、传达有效，真是有“明月前身，落花今日”之寓意。而且，在表现手段上也甚可堪道：以涓涓细流掩盖熊熊烈火，松松落落埋藏猎猎秋风。粗读有如忽逢幽人，细品才如见道心。这首诗是他这本诗集里的一个典型：让感情驱动词语，向阔大的美学意义挺进。

他这本诗集里的诗都很具开放性，既不掩饰他与世界发生的世俗关系，也不避讳自身的伤痛，不装神，不弄鬼。有些理论家一定会挑剔，觉得这是技术的不娴熟或缺失，我倒是觉得：懂得在创作时开放的诗人，一定懂得酝酿的封闭。

当然，慕白现在这本诗集里的诗距离真正的成熟还有一段距离，比如常见他芜杂的词语、自作聪明的废话、意象的残缺和具象的不完整等，但这些都是一个青年诗人成长期里必然遇到又必须一点一点克服的问题。我相信，慕白有能力在《行者》之后克服现在的缺失，再来一次攀升。

一个人的精神运程

浦小林是我在四川的朋友群中相识最早的朋友之一。那时，我们坐在射洪县的街边喝啤酒，空瓶子可以排出十几米，蔚为壮观的场景常引来路人围观。那时，我们吹牛聊天，却很少聊诗歌，也是那时，我们结下了两小无猜般的哥们情谊。近二十年来，我们一直保持着诚挚、亲切的交往。但是，他很少把他写的诗歌拿给我看，我甚至认为他早已过了青春期，远离了诗歌，远离了文学。不久前，他将一部诗集文稿发给我并嘱我为之作序，我竟暗自惊愕：这小子怎么又写起诗来了？

其实，写过诗、爱过诗的人，就像享受过春风艳阳一样，心里会永远留存着美好的感觉；无论后来去做什么职业，无论相隔多长的时间，心里都埋着诗的种子，感觉里都潜伏着诗的情愫，当遇到合适的土壤、雨水、阳光等条件，种子就会发芽，情愫就会释放。浦小林大概就是这样一个写写停停、读读放放，而一颗诗心时时跃跃欲试的人。于是，我能看得出这本诗集里有些作品是随手记录，而不是刻意为之的。这也注定这本诗集的作品质量参差不齐。

浦小林的诗和他的人一样，率性、诚挚。他这个人和他的诗都是不缺才气、灵气的。人的才气、灵气不是在生活中时时表现的，只有受到现实挤压、情感拷问时，才会迸发出来。而只有此时的作品才会充满艺术的质感，表现出扎实、厚重，直逼真理或透彻现实。浦小林在现实生活和情感生活中受到了怎样的挤压和拷问，我们在他的诗中是不难找到答案的。我试举三例。他在《一只鸟不停地飞着.》一诗中，用平静、舒缓的叙述速度，表达了他对生活的洞察与缝补。这首诗感觉机敏，奇异，语言随意不拘，于主客观中呈现出隐喻的象征意味，同时，也透出诗人灵魂的香气。

诗人不仅需要才气、灵气，更需要有内在境界的支撑。诗人的内在境界决定了诗人和作品的高度。

他的《走路的儿子》，短而丰富。这是一首发于心底，归于自然的作品，是诗人自己生活感受的回音，是对已知的生活经验的批判与憎恨。短短几行便已淋漓尽致地展露出诗人内心热爱与悲伤交织的疼痛。

能够对生活和生命真切而深入地述说的诗人，一定是个品质优良的诗人。

他的短诗《裸露》，把生活与生命融为一体，慨叹与陈述、内心与现场、独白与诘问、慌乱与戏谑都在这首八行诗中呈现。读后让人发冷，甚至不敢想象自己的生存空间究竟是谁的。

浦小林的语言总体上是干净、朴素的，他不制造玄虚，不矫揉造作，重要的是他不制造纸质谎言。读他的诗，既能看到他特有的声色绵延的世界，也能使读者获得自我激发的热烈。当然，我在前面已经说过，这是一本作品质量参差不齐的诗集。任何一个写过好诗的诗人，不会永远都写出好诗来。“月有阴晴圆缺，此事古难全。”这是无须赘言的了。何况，浦小林从来就没把自己当过大诗人，他的作品大多是为了记录自己的心路和情感历程。尽管有些作品不够隽永，却也朴实得可爱。别人常把景语当情语，而浦小林常把情语当景语，使人既能读到他心底的热烈，又能看到他故作玩世不恭的冷幽默。于是，我说他这本诗集是他个人的精神运程。

哥们出版诗集是件可喜可贺的事，我的这些文字既是对这本集子的读后感，也是对近二十年哥们情谊的重温。

己丑年秋